中国古典诗词精品赏读

韦应物

陈桥生 编著

五洲传播出版社

图书在版编目（CIP）数据

中国古典诗词精品赏读丛书. 韦应物 / 陈桥生著. -- 北京：五洲传播出版社, 2023.1

ISBN 978-7-5085-4973-6

Ⅰ. ①中… Ⅱ. ①陈… Ⅲ. ①韦应物（737-790）－古典诗歌－诗歌欣赏 Ⅳ. ①I207.2

中国版本图书馆CIP数据核字(2022)第227179号

编　　著：陈桥生
后　　记：李　冰
图片编审：迟乃义
责任编辑：王　峰
装帧设计：田　林

中国古典诗词精品赏读丛书
韦应物

出版发行：五洲传播出版社
地　　址：北京市海淀区北三环中路 31 号生产力大楼 B 座 6 层
邮　　编：100088
发行电话：010-82005927　010-82007837
网　　址：http://www.cicc.org.cn　http://www.thatsbooks.com
制　　作：北京原色印象文化艺术中心
印　　刷：北京市房山腾龙印刷厂
版　　次：2023 年 1 月第 1 版第 1 次印刷
开　　本：720 × 965 mm　1/16
印　　张：8.5
字　　数：54 千字
定　　价：56.00 元

编者的话

中国在历史上是一个“诗歌的国度”，古典诗词是中国传统文化的奇葩。早在三千年前，我们的祖先就创作出了以“诗三百”为代表的优秀诗篇。此后每个历史年代，诗歌创作都结出丰硕的成果，其中不少名篇名句脍炙人口，传诵至今。“中国古典诗词精品赏读”书系选取了历史上最具代表性的诗人、词人的优秀作品，并加以详尽通俗的译注、评解，试图将古代中国人创造的最可珍贵的文化瑰宝介绍给当代海内外读者。

以“国风”为代表的《诗经》和以《离骚》为代表的楚辞，无论是在思想内容上还是在艺术手法上，都对中国后世诗坛产生了深远影响。中国诗歌至唐代而达到高峰，呈现出后人所称誉的“盛唐气象”和“少年精神”。而从李白、杜甫等诗人身上，从他们留下的诗歌中，不难看出“风”“骚”以来优秀传统的回响。他们都有强烈的现实关怀，关注国家、社会、民众等问题；而这种主题，往往是诗人通过自己的人生境遇和心灵历程去感悟，通过描绘自然界山川万物、人间世事民情来体现的。在唐诗的辉煌之后发展起来的宋代诗歌，成就也相当高，但最能表现宋代文学特殊成就的是词。宋代优秀的词家把这种长短句诗体运用到出神入化的地步，那或慷慨激昂、或委婉凄清的词作，今天读来仍有强烈的艺术感染力。可以说，唐诗宋词是中国文学史上最有神采的篇章。

中国古代诗歌注重抒情、写景，善于表现友情、亲情、爱情、乡情，以及其他复杂细微的个人情感。这形成中国诗歌又一个强大的传统。在儒家思想影响下，中国诗歌几乎从一开始就具有“发乎情，止乎礼义”的特点，情感的表达比较内敛含蓄，有别于西方的诗歌风格。与此同时，中国诗人们又强调“含不尽之意见于言外”，善于通过各种艺术手法传达言外之意，给读者以无穷的回味、想像空间。古代诗词中的优秀之作往往写得深情宛转，富于形象性和音乐性，诵读这些诗词，可以受到多层次的艺术感染和美的熏陶。古典诗词还善于表现自然之美及人与自然的融合。古人常说“诗中有画，画中有诗”，本书系中的每首作品，都配以当代画家根据诗词意境绘制的中国画，通过欣赏这些诗、画，可以更深刻地领悟到中国古代艺术作品中的诗情画意，品味其艺术之美。

除了“诗情画意”的特色外，本书系以各位诗人、词人单独成册，以更清楚地展示其不同的个性和艺术风格；各分册包括诗人、词人简介与作品赏析两部分。对每篇作品的赏析，又分为题解、句解、评解三个章节：题解交代创作背景；句解用现代语文对诗词进行逐句意译，对某些难懂的字词作注释；评解部分则提要钩玄，对作品特色进行点评。我们的本意，首先是帮助读者减少阅读中的文字障碍，继而是理解诗词的思想内容、艺术特色和写作技巧。

中国古代经典诗词把汉语升华到至美至纯的境界，足以使每个中国人感到自豪。这些作品是联接所有炎黄子孙思想、情感的文化纽带，无论身在国内，还是身在海外，优秀的诗歌对读者的感召力都是相通的。一个喜爱祖国传统文化的人，可能会不断地接触和学习祖先的这些遗产。久而久之，这些优秀文化中的一部分会积淀下来，构成每个人头脑中一道美丽的艺术长廊，不断给人以教益、激励和艺术享受。我们期望，本书系所介绍的诗词名篇能够成为这道艺术长廊的组成部分。

本书系介绍的诗人、词人，如唐代的李白、杜甫、王维、白居易、李商隐，宋代的苏轼、秦观、李清照、辛弃疾、陆游，还有东晋的陶渊明、五代的李煜、元代的萨都剌，等等，都是中国诗歌史上耀眼的星座。他们都各有很多传世名篇，限于篇幅，书中每人只选取了二三十首代表作品。由于我们水平有限，书中会有种种不尽如人意之处，敬请读者朋友提出宝贵意见。

目　录

韦应物简介

长达八年的安史之乱，是唐王朝由极盛走向衰落的标志。它像一股突起的凛冽寒风，霎时就把唐王朝刮进了万木凋零的萧瑟秋季。唐帝国的百年荣光，已被安禄山的胡骑无情地踏碎。九五之尊，将相之贵，平民的富庶，士人的理想，一时都被这狂乱的飓风扫荡殆尽。

更可悲的是，乱平之后，当人们惊魂稍定，重新审视那曾经光彩辉煌的诗坛时，不禁惨痛地发现，他们已失去了一大批优秀诗人：王昌龄在战乱中还乡，旋遭刺史闾丘晓杀害（756）；萧颖士三年后客死汝南；接着储光羲郁郁卒于岭南贬所（760）；唐肃宗上元二年（761），王维在长安去世；翌年，绝世的天才诗人李白病殁于当涂客寓；唐代宗永泰元年（765），功成名就的高适卒于左散骑常侍之位；代宗大历四年（769），与高适齐名的另一位边塞诗人岑参卒于成都旅舍；次年，诗圣杜甫也在耒阳的孤舟上结束了坎坷多难的一生。至此，开元盛世的重要诗人都相继从诗坛上消失了。而另一批继起的重要诗人，韩愈年方三岁，而白居易、元稹、刘禹锡、柳宗元、贾岛、李贺这些中唐诗坛的代表人物都还没有来到人世。这个时间段大约有三十年，文学史上称为大历时期，是唐诗比较岑寂的时期。

相对于前面的开元、天宝，以及后面的元和两个时代来说，大历时期就像是两个雄壮高亢的乐段之间不太出色的过渡。没有大诗人，也没有公认的诗坛领袖。战乱毁掉了一代士人青年时期意气风发的生活，带来的是希望幻灭的黯淡现实。盛唐诗人那份崇高的使命感和责任心，那种昂扬奋发的精神、乐观情绪和慷慨气势，已成为遥远而不绝如缕的余响。弥漫于整个诗坛的，是平心静气的孤寂、冷漠和散淡。

在这种冥漠的背景下，唯有韦应物（约737—792）自成一家风味，为这片黯淡的天空留下一抹难得一见的动人亮光。美国汉学家宇文所安在其《盛唐诗》中说，韦应物是“盛唐的挽歌”。他还引述朱熹的说法，认为韦应物在“无声色臭味”方面甚至超过孟浩然和王维。后世对于韦应物的评价是很高的。《红楼梦》作者曾借薛宝钗之口说：“怎么是杜工部之沉郁，韦苏州之淡雅，又怎么是温八叉之绮靡，李义山之隐僻。”把韦应物和杜甫、李商隐、温庭筠等相提并论。这也代表了一般读者的看法。

韦应物出生于京兆长安（今陕西西安）一个世家大族。从初唐到盛唐，长安坊间曾流传这样一句谣谚：“城南韦杜，去天尺五。”形容“韦”“杜”两门位高权重。其中的“韦”，指的就是韦应物的显赫家族，“杜”则是唐太宗时期位居右相的杜如晦一门。早在隋朝时，韦应物的五世祖韦冲就官至正三品的民部尚书。入唐后，其高祖韦挺在唐太宗时官至从三品的御史大夫；曾祖韦待价则是武后朝的宰相，官至正三品的吏部尚书。到了韦应物的祖父和父亲辈，家道已经逐渐中落。但是其祖父韦令仪还是担任过五品宗正少卿，其父韦銮则曾官居从四品的少监。即使是韦应物本人，后来也官至四品苏州刺史。韦家可谓世代为宦，显赫近百年。值得注意的是，韦銮和他的兄长韦鉴、侄儿韦鶠，都以擅长绘画驰名于世，工牛马及山水松石。总之，韦应物出身于一个有着如此显赫家世的世家大族，但他本人属于这个家族中较为贫寒而又富于艺术修养的一支。

天宝十载（751），年方十五岁的韦应物因为是官宦子弟，以门荫得补三卫郎，成为唐玄宗的御前侍卫，陪着皇帝、杨妃等游宴，也就是他在送友人的诗中所说：“与君十五侍皇闱，晓拂炉烟上赤墀。花开汉苑经过处，雪下骊山沐浴时。”（《燕李录事》）皇上带杨贵妃去温泉，有时也特许他们这些侍卫泡一泡。侍卫们威风凛凛地陪着皇帝打猎，混迹在皇宫的清歌曼舞、宫娥彩女堆里醉生梦死。韦应物中年后追忆自己年少时的荒唐生活说：“少事武皇帝，无赖恃恩私。身作里中横，家藏亡命儿。朝持樗蒲局，暮窃东邻姬。司隶不敢捕，立在白玉墀。骊山风雪夜，长杨羽猎时。一字都不识，饮酒肆顽痴。”（《逢杨开府》）那时他大概是一个典型的纨袴子弟。当然，诗人的追述也可能只是一种艺术性的表现，与实际情形有出入。但身为三卫郎，他的早年生活应该基本如此。

安史之乱爆发后，韦应物流落失职，始入太学折节读书。大约在唐代宗广德元年（763），二十七岁的他出任洛阳丞。永泰元年（765），因为惩办倚仗宦官势力骄横不法的军士而被讼，后罢官闲居洛阳同德寺。这时已到了大历年间。因为闲居，韦应物得以与“大历十才子”等一大批寄居或往来于洛阳的文人们频繁交流，相互唱和。那几年，他也曾到长安、楚州、扬州等地游历，直到大历六年（771）三十五岁左右时，他才在洛阳重新任七品河南府兵曹参军一职。两年后又因病卸任，仍寄居洛阳同德寺休养。大历九年，受京兆尹黎干推荐，他再赴长安任七品京兆府功曹参军，且代理六品京兆府高陵县令。约在大历十二年（777）他四十多岁时，结婚二十年的妻子去世。大历十三年，他出任六品鄠县（今属陕西）令。次年，京兆尹黎干获罪，受其荐引的韦应物受到牵连，改任栎阳（今陕西临潼）县令。他称病辞官，寓居鄠县沣上的善福精舍。

唐德宗建中二年（781），朝廷起用他为尚书省比部员外郎。四年夏天，出任从四品滁州（今属安徽）刺史；兴元元年（784）冬罢任，闲居滁州。贞元元年（785）秋，他再次出任江州（今江西九江）刺史。次年返长安入朝，任从五品尚书左司郎中，因此被称为韦左司。贞元四年冬，出任正四品苏州刺史。在此期间，他结识了顾况、皎然、孟郊等几位重要诗人。约在贞元七年间，韦应物罢任，闲居苏州永定寺。大约在次年，即贞元八年（792），卒于苏州。

一次又一次地出仕，一次又一次地罢官，闲居佛寺，这就是韦应物所走过的人生道路。韦应物对做官的态度，可以说既认真，又三心二意。说他认真，指的是他为官所持有的“不做则已，要做就做好”的态度；说他三心二意，是他总是心存“闲居更好”的想法，这也是他数度辞官闲居的主要原因。

长期担任中下级官吏，使韦应物得以接触下层民众。特别是作为一个从太平盛世过来的人，他目睹兵乱不息、满目疮痍、民生凋敝的现实，真正体会到了百姓的疾苦，这对他的心灵起了很大的催化和洗涤作用。从他的诗中，常常能感受到其内心的愧疚不安。因为兵火连年，派到百姓头上的徭役赋税无休无止。韦应物作为州县官，直接感受到催租催赋的压力。他的很多诗从这一角度反映了百姓在迫促繁杂的徭赋下无以聊生的困境，以及自己夹在中间进退两难的心情。其《广德中洛阳作》、《始至郡》、《夏冰行》、

《采玉行》、《答崔都水》等诗，都流露出一种对百姓的关怀。在高陵县令任上，他写下“兵凶久相践，徭赋岂得闲。促戚下可哀，宽政身致患。日夕思自退，出门望故山”（《高陵书情寄三原卢少府》）的诗句。到滁州后，所作《答王郎中》也写到：“税况重叠，公门极熬煎。责逋甘首免，岁晏当归田。”到了江州这样富庶的地方，他看到的同样是一片破败：“斯民本乐生，逃逝竟何为。旱岁属荒歉，旧逋积如坻。”（《始至郡》）对广大人民长期遭受战争灾难、沉重的徭役赋税，他寄予了深切的同情，可与元结《舂陵行》、《贼退示官吏作》诸诗并读。

对自己作为一个地方官长，不能流惠于民，他时常流露出内疚的心情，写下了“方惭不耕者，禄食出闾里”（《观田家》）、“邑有流亡愧俸钱”（《寄李儋元锡》）、“自惭居处崇，未睹斯民康”（《郡斋雨中与诸文士燕集》）等著名诗句。韦应物历任京畿和江淮诸州县，从他的这些诗篇中，反映出从两京到江淮广大地区的人民不堪战争重负的严重社会问题。类似的描写在同时代的诗人中是较为少见的。可以说，在唐诗发展史上，韦应物起着承前启后的重要作用。他继承了杜甫、元结等人反映现实黑暗、民生疾苦的精神，并成为中唐以白居易为首的写实讽谕诗派的先导。

但真正使韦应物在诗歌史上占据重要席位的，并不是上面所说的那些作品。他的绝大部分诗歌，作于被迫辞去洛阳丞一职之后。尤其是从大历中再度出仕任京兆府功曹，至罢滁州刺史的这十余年间所作的吏隐诗，是他最为人所称道的作品。生活中的大起大落，身体上的壮年早衰，使韦应物的思想、诗风都发生了很大的转变。在他后期的作品中，慷慨为国的昂扬意气消失了，代之以看破世情的无奈和散淡，所谓“今来萧瑟万井空，唯见苍山起烟雾。可怜蹭蹬失风波，仰天大叫无奈何”（《温泉行》），所谓“乡村年少生离乱，见话先朝如梦中”（《与村老对饮》）。令人眷恋的盛世已去而不返，一切有如梦境。诗人对从政已感失望，感情退回到个人生活的小天地里，欣赏山水之美和闲静乐趣，从中寻求慰藉。

韦应物的成就所在，或者说他能卓然自成一家的原因，主要在于他的大量的优秀山水田园诗作。这些诗作反映了他对于美好自然的热爱，并把它与恶浊的尘世对立起来，从中求得精神上的愉悦和解脱，充满陶渊明式的“纵浪大化中，不喜亦不惧”的生活态度。不同的是，陶渊明终于和官场彻底决裂，韦应物却采取了一种随遇而安的处世态度，可官则官，需隐则隐。

南朝梁钟嵘《诗品》品评陶渊明诗：“文体省净，殆无长语。笃意真古，辞兴婉惬。每观其文，想其人德。世叹其质直。”大意是说陶渊明的文体简净，没有多余的话，一意求真、求古，文辞和兴趣都和婉惬当；每次读他的诗，总会想到他的人格，一般人都叹赏他的素朴。然而，陶渊明身后，非但没有人继承他的诗风，反而盛行起“雕琢蔓藻”的宫体诗。直到初唐的陈子昂、张九龄，才有意用陶渊明的风格，来肃清宫体诗的消极影响。随后出现王维、孟浩然、储光羲诸人，使当时的五言诗趋向于清淡自然，并形成盛唐诗的一个重要流派即山水田园诗派。

韦应物受王、孟的影响极大，但他后来越过王、孟而直接继承陶渊明。后人每以“陶韦”或“王孟韦柳”并称，把他归入山水田园诗派。宋人所著《蔡宽夫诗话》甚至说：“（陶）渊明诗，唐人绝无知其奥者，惟韦苏州、白乐天尝有效其体之作，而乐天去之亦自远甚。”说唐代只有韦应物得了陶渊明的真传。韦应物诗反映出他高尚的人格。他淡于名利，对世情看得很透彻，不积极，但也不消极。他的生活态度是任其自然，待人接物平和诚恳。这些都可以从他的诗中感觉到。他的文学风格，首先是他性格的流露，其次才是艺术手法的高妙。一个“身作里中横”的无赖少年，中年以后却一变而为淡泊高洁的诗人，韦应物一生的思想过程转变是非常大的。

韦应物诗历来以平淡自然著称。朱熹谓“其诗无一字做作，直是自在”（《晦庵说诗》），元代方回评其诗“淡而自然”（《瀛奎律髓》卷八），清翁方纲谓其诗“奇妙全在淡处，实无迹可求”（《石洲诗话》卷二）。一般认为，韦诗的平淡自然主要体现在三个方面。首先，在思想感情方面，韦诗没有类似李白诗歌那种跌宕起伏、大喜大悲的情感波澜，即使在遭受重大打击或发生重大变故时，也从不作痛哭流涕式的悲号，“皆以平心静气出之”（清贺裳《载酒园诗话》又编）；平时更表现为一种恬静闲适、冲淡平和的心境。其次，在布局和行文方面，韦诗从不逞奇炫俗，不用回环曲折、开合跌宕的结构模式，而是如实道来，显得平易自然。再者，在语言方面，韦诗从不堆砌词藻，卖弄典故，而是以古朴平淡见长。他以简朴自然的语言，白描的手法，创造出一种清新淡雅、含蓄深远的意境，气格高古，在艺术上达到了返朴归真的境界。出之以心平气和的恬淡之语，诗境明净雅洁而意味深长，韦应物的许多诗都有这种韵味。

韦诗在平淡自然之外，还有流丽的一面。他的一些写景名句，如“乔木生夏凉，流云吐华月”（《同德寺雨后寄元侍御李博士》）、“广庭流华月，高阁凝余霰”（《同德精舍养疾寄河南兵曹东厅掾》）、“绿阴生昼静，孤花表春余”（《游开元精舍》）、“寒雨暗深更，流萤度高阁”（《寺居独夜寄崔主簿》）等，都善于捕捉大自然物候的微妙变化，善于表现色调的深浅明暗，刻画工细，字句凝炼，语言也极为清丽。宋代徐俯说：“人言苏州诗，多言其古淡，乃是不知苏州诗。自李、杜以来，古人诗法尽废，惟韦苏州有六朝风致，最为流丽。”（见吕本中《童蒙诗训》）明人胡应麟也说：“韦左司大是六朝余韵，宋人目为‘流丽’者得之。”（《诗薮》内篇卷二）其实，韦应物的好友刘太真在写给他的信中就说过同样的意思：“顾著作（按：即顾况）来，以足下《郡斋燕集》相示，是何情致畅茂遒逸如此。宋齐间，沈、谢、何、刘，始精于理意，缘情体物，备诗人之旨。后之传者，甚失其源。惟足下制其横流，师挚之始，《关雎》之乱，于足下之文见之矣。”认为韦应物就像一位复古诗人，“恢复”了古老的文学传统。值得注意的是，刘太真认为韦应物所恢复的文学传统，并不是一般复古作家们所指的三代、两汉，而是南朝的刘宋和萧齐。徐俯、胡应麟说的“六朝风致”，主要指韦诗深受谢灵运、谢朓等人影响，景物描写细致鲜明，语言清新美丽而言。而韦诗的这种“流丽”乃是出诸自然，而不是刻意追求所致，故无斧凿痕迹，不仅不妨碍，反而有助于他独特的平淡冲融的风格的形成。

比起陶诗，韦诗在宁静的诗境中，往往还多一重冷落寂寞的情思氛围。如《宿永阳寄璨律师》：“遥知郡斋夜，冻云封松竹。时有山僧来，悬灯独自宿。”《秋夜寄丘二十二员外》：“怀君属秋夜，散步咏凉天。山空松子落，幽人应未眠。”《咏声》：“万物自生听，太空恒寂寥。还从静中起，却向静中消。”这些诗篇的艺术境界是萧瑟的，带有一种远离现实的寂寞的心情。这种归结于静穆空寂的诗歌情调，表现出某种冷漠遁世的心理倾向，与其他大历诗人的审美趣味近似。这是“气骨顿衰”的时代精神在诗人心灵中投下的阴影。

在韦应物现存的五百七十余首诗歌中，五言古诗的成就最高。他的五古诗，倘若放在“古诗十九首”之类的汉、魏古风经典诗中，那境界与味道简直可以乱真。极为崇拜韦应物的白居易，在谈及韦诗时有“其五言诗，又高雅闲淡，自成一家之体，今之秉笔者，谁能及之”（《与元九书》）的誉美之词。宋代刘克庄则干脆说，一般人若与韦应物相比，“非学力所可到也”。譬如“山空松子落，幽人应未眠”、“此心良无已，绕屋生蒿莱”、“落叶满空山，何处寻行迹”等，那敏感的觉悟细如发丝，稍纵即逝，正可谓“非学力所可到也”。

在唐诗发展繁荣的同时，中国诗歌又出现了一种重要的新形式词。词体在民间兴起后，盛唐和中唐一些诗人也进行了一些尝试。韦应物就是其中一个，他写有《调笑令》：“胡马，胡马，远放燕支山下。跑沙跑雪独嘶，东望西望路迷。迷路，迷路，边草无穷日暮。”历来颇受赞赏。他的散文今仅存一篇。

宇文所安在《盛唐诗》中说：“韦应物不是一位中唐诗人，他与盛唐风格和主题仍有着千丝万缕的联系。在诗歌的旧价值观开始失去的那些地方，韦应物预示和影响了伟大的中唐诗人。如果说他是一位在世时‘人未甚爱重’的诗人，那么他所传达的确实是下一代的诗歌趣味。”的确，正像陶渊明和杜甫在他们时代的遭遇一样，韦应物的诗在当时并不被重视。白居易在《与元九书》中说：“然当苏州在时，人亦未甚爱重，必待身后，然后人贵之。”可知对韦应物诗的评价，是在他死后才逐渐高起来的。宋代苏轼特别喜欢韦应物的诗，将其与柳宗元的诗并称，谓其“发纤秾于简古，寄至味于淡泊”。他还作有两首摹仿韦应物的诗。韦、柳的诗风在严羽的《沧浪诗话》被总结为“韦柳体”，后来演变为晚唐姚合、贾岛一派。至明清时候，韦应物又得到胡应麟、王渔洋等人的标举，从而成为古典山水隐逸诗的典范作家。

初发扬子寄元大校书

凄凄去亲爱，泛泛入烟雾。
归棹洛阳人，残钟广陵树。
今朝此为别，何处还相遇？
世事波上舟，沿洄安得住。

题解

这首诗是唐代宗大历五年（770）秋韦应物从扬州回洛阳时所作。扬子，津渡名，在今江苏江都县南靠近瓜洲处。从这里南渡长江可至润、苏、杭诸州，北经运河、黄河可至洛阳、长安，是南北交通要津。

元大，名未详，“大”是其排行，官职是校书郎，故称元大校书；唐制，秘书省置校书郎八人，正九品上，负责校雠典籍。“元大”究竟是谁，历来存疑待考。韦应物诗集中提到过不少姓元的，有元侍御、元仓曹、元六昆季、元伟、元锡、元常，还有弹琴的元老师、吹笛子的元昌等。韦应物的哥哥住在广陵（今江苏扬州），韦家与元氏是姻亲，元家也住在广陵。据近人施蛰存考证，韦诗中还有一首《送元锡杨凌》，其中云“况别亲与爱”、“欢筵慊未足”，句意和此诗首句同，元大校书可能就是元锡。元锡，字君贶，唐宪宗元和九年（814）任苏州从事，后来曾任淄王傅之职，官终衢州刺史。

初发扬子寄元大校书 诗意图　李也青 绘

【句 解】

凄凄去亲爱，泛泛入烟雾

元大是韦应物在广陵时的朋友，称为“亲爱”，可见感情颇深。好友一旦分手，不免伤感凄然。可是船还是要开了，渐行渐远驶入江天烟雾中。烟雾苍茫，更添离别之悲。

赠别诗一般起笔先写别离，再拟想途中的景象心情，而以惜别或悬想别后思念作结。本诗则不然，起笔先写别后舟行，“凄凄”、“泛泛”两组叠字道尽烟波江上的迷惘心境。

归棹洛阳人，残钟广陵树

归棹初发，诗人还忍不住回头遥望广陵城，城外的树木渐渐变得模糊难辨。这时候远远地传来听惯的晚寺钟声，钟声跟在身后，像一声声呼喊，敲打在诗人心头。一种不得不离开而又舍不得离开的矛盾心情，与晚钟余音、城外迷蒙烟树相交织，离别之情油然而生。

“归棹洛阳人”，点明去向之远。“残钟广陵树”则宛转，佛寺钟声在朦胧夜幕中飘悠，悲凄之情弥漫于江天，将诗人的心紧紧系住。从技法而言，这两句的位置是逆挽。有此一折，诗势便不平弱，试想，如先写“残钟”再写“归棹”，那么下文“今朝此为别”就没有了那种迸发而出的真切感。细味之，这逆挽似又不仅止于技法之高明，更是特定的心境所致，即所谓“痛定思痛，其痛更甚”。诗人与元大分别时带有一种迷茫感，“泛泛入烟雾”。但前路无已，他猛然想起这次是回到数百里之外的洛阳，这时便产生一种突如其来的痛感。他回望树色，但闻钟声，其痛难堪，方感今朝一别的分量之重，下四句的抒怀方有不可遏抑之势。这两句也因此成为千古名句。所谓名句，也只有放在诗歌的整体中，放在全诗的感情节奏中，方能显示其不尽的艺术魅力。

今朝此为别，何处还相遇

诗人心中自然迸发出一种惊觉：今日此地一为别，不知将来还能不能相逢，在何处相遇？

世事波上舟，沿洄安得住

人世间的事变化无常，反复不定，就像波浪中的船儿，动荡飘浮，颠簸不定，顺流逆水，哪里由得了人呢？要想停住再与故友一晤，也已不能。诗人还沉浸在晚钟的袅袅余音中，沉浸在离别的万千思绪里。船儿也似乎解人心意，在波浪中起伏回旋，欲去难去。恍惚间，诗人内心的意绪与眼前的景象形成无言的默契对照，这只“波上舟”不正是世事的象征吗？世事本来就不能由自己做主，只能明智地看待，勇敢地面对，随遇而安，坚韧不拔。友情如此，其它事物也不例外。这两句在感伤无奈中，表现出诗人的自宽自解和对好友的安慰。

南朝大诗人谢灵运在贬往永嘉的舟船上，也曾写下类似的山水启悟。其《富春渚》诗说“洊至宜便习，兼山贵止托”。水不以险为难，遇重山则止行而绕。个人的行动，不也应该根据客观形势的变化而调整吗？诗人从自然景象中感悟到某种人生哲理。

评解

全诗表面平淡，内蕴却含蓄深厚，于景象描写中揭示出人生哲理。清沈德潜评论说：“写离情不可过于凄婉，含蓄不尽，愈见情深，此种可以为法。”唐人写诗大都是比兴的手法，从远的地方、别的地方说起，最后才说出自己想说的意思。韦应物的这首诗，却是“赋”的方式，直接写自己的意思。而这“赋”又不见经意，所见所闻所想，写出来就是。这样写诗，很容易把诗味写淡，甚至不像诗了。而韦应物却能写出来，这就不只是诗的才力，而要依赖人的厚度了。眼前景，意中情，口头语，世间理，如水乳交融，似蛛网交织，牵人心绪，动人心弦。

淮上即事寄广陵亲故

前舟已眇眇，欲渡谁相待？
秋山起暮钟，楚雨连沧海。
风波离思满，宿昔容鬓改。
独鸟下东南，广陵何处在？

题解

这首诗应该也是作者在大历五年（770）秋天自扬州北归途经淮上时所作。淮上，今江苏淮阴一带；亲故，亲朋旧交。诗人离开广陵亲友，沿运河北上，将渡淮西行。到了渡口，天色已晚，又没有渡船，只能滞留于此，他一个人踟蹰在河边，天正下着雨，淮河里波涛起伏。诗人的思绪也如波涛一样翻滚，于是，他把此时此地所见所闻所感，都写进了这首律诗。

淮上即事寄广陵亲故 诗意图 王赫赫 绘

【句 解】

前舟已眇眇，欲渡谁相待

前艘渡船早已经走了，天色近晚，雨又正下着，当天已不可能再走。天地迷蒙，诗人伫立在暮色中空荡荡的淮河边，欲行而踟蹰。这情形给人一种空旷孤寂之感。

可以推想，诗人只身离别亲友，心情本来就很伤感。偏又雨阻半途，只得借宿客馆，更增添了对亲友的思念，内心更为忧伤。这种情感在诗中并没有一字直接点出，诗人只是摄取了眼前景物，淡墨点染，营造一种凄迷的气氛。但在这种气氛中，我们可以感觉到诗人深沉含蓄的内心情感。

秋山起暮钟，楚雨连沧海

诗人身在淮阴，这里地属楚州，东滨大海。极目望去，雨幕一直延伸到大海。楚天茫茫，诗人久久伫立沉思。忽然从远处山寺传来一声声缥缈而悠长的钟声，提醒诗人天色已经很晚。迷蒙的雨雾笼罩大地，也仿佛笼罩在诗人心头。天色更暗淡了，他的心情也更暗淡。萧瑟苍凉黯淡的晚景烘托出诗人思念亲友的孤寂、凄怆，羁旅之情更为深重。

在韦应物诗中，经常能听到钟声，如“残钟广陵树”（《初发扬子寄元大校书》）、“鸣钟生道心，暮磬空云烟”（《经少林精舍寄都邑亲友》）等。诗人面对辽阔的大江，耳边暮钟回荡，撩动悠悠的客愁，引起惆怅的共鸣。从深山古寺传来的悠扬的钟磬之声，又像宇宙间的韵律，令人悟出心性的清净和云烟的空幻。诗人特别喜爱钟声，也喜欢着意营造这样一种特殊的艺术效果。起落无迹的暮钟，将人的思绪送入悠远的空际，留下的是一片空茫和冷寂，给诗歌增添了无穷的韵味。也正由于声声暮钟，使全诗荡漾着缥缈的思乡怀远的感情。

风波离思满，宿昔容鬓改

正是有了前面这样浓郁饱满的感情积蓄，这两句才轻轻点出“离思”。“宿昔”，这里是衰老的意思。一次次的漂泊，一次次的离思，让诗人华发早生，容颜衰老。然而更不堪的，还应是诗人内心忍受的折磨。

独鸟下东南，广陵何处在

然而诗人并没有接着“离思”二字直写而下，仿佛神龙偶露鳞爪，便又隐入云层之中。迷蒙雨幕中但见一只南飞的小鸟。这小鸟是“独”的，也就是失群的；是“下”的，也就是归巢的；是往“东南”的，也就是往广陵方向飞去的。这不分明就是诗人自己的写照吗？失群的小鸟忙着归巢，虽然遭遇凄风冷雨，毕竟有巢可归，有一个温暖的期望。而诗人自己却只能羁旅漂泊。由物及人，反衬出诗人的哀愁之思。小鸟既是飞往广陵方向的，诗人的心不由自主跟着它飞翔。鸟飞东南，是回归其巢；而诗人渡淮往西北行，距离留在广陵的亲友愈来愈远。此情此境，读者不能不为诗人感到凄恻！这样，便不难理解诗的最后，诗人何以会发出“广陵何处在”这一问。诗人明知这一问是不可能得到回答的，但内心深处仍希望再一次看见广陵亲故。

评解

这首诗写离别之情，最大的特色就是以景物烘托，通过营造、渲染凄迷的气氛来写离别之情。宦游中思念亲人，是人之常情。但本诗借江上暮钟烟雨、独鸟归飞的独特景色，将这种情感饱满地表现出来，并不使人感到单调。诗中景物凄迷，色彩黯淡，钟声哀远，而诗人自己的深沉感情也如同这耳闻目睹的景物，感受得到，却又不是触手可及。这种感情弥漫全诗，无处不在，却又难以确指落在何处，使整首诗具有一种悠然的韵致、深远的意境。宋人刘辰翁对“楚雨连沧海”句加批语曰“好句”，又批五六两句曰：“‘风波’两语，足以极初别之怀。”末两句他的批语是：“‘独鸟下东南’，偶然景，偶然语，亦不可再得。”明人周珽评韦应物诗云：“酬寄诸诗，洗净铅华，独标风骨，有深山兰菊花发不知之况。”（《唐诗选脉会通评林》）此诗可谓庶几近之。

淮上喜会梁州故人

江汉曾为客，相逢每醉还。
浮云一别后，流水十年间。
欢笑情如旧，萧疏鬓已斑。
何因不归去？淮上有秋山。

题解

梁州，即今陕西汉中，在汉水上游。韦应物早年久居长安，或曾西往不远处的梁州，故有旧友。这首诗写诗人在淮上遇见了十年前梁州故人的情况和感慨。诗题称“喜会”，诗情却是喜中有悲，不胜今昔之感。

淮上喜会梁州故人 诗意图　王兴华 绘

【句 解】

江汉曾为客，相逢每醉还

故友相逢必话旧，故诗人起笔即忆昔时自己在江汉一带客游时的情景。当年他们曾客游江汉之上，每相逢必欢聚痛饮，扶醉而归。

客居他乡，在古人而言多是有迫不得已的原因，譬如躲避灾难、迫于生计等。而诗人却拥有一段如此甜蜜的回忆，一段青春飞扬、朋友无间的时代，一段理想纵情驰骋、肆无忌惮的时代。“为客”和“醉还”并置、对比，从中我们不难体会出诗人青春时的信心满怀、豪情壮志。那么，这份信心与豪情是什么呢？由诗末所言“秋山”所隐含的田园意味和隐逸气氛，我们不难猜到诗人在时光中被消磨的源于儒家修齐治平思想的宏大理想。故人相见，又唤醒了诗人对往昔理想的追念，恰说明时至今日他的理想依然失落。

浮云一别后，流水十年间

忆旧自然要计算一下见面与分离的时日。年少时分手是那样的不经意，不当回事，一如随风飘浮的云。年轻时候他们各自追求着属于自己的理想，无心，无意，偶尔擦肩而过，没有把分别看得那么重。然而流水无情，时光无情，一别竟然便是十年。人生如浮云飘荡难驭，时光若流水之无可挽回，这中间包含了多少艰辛、漂泊，多少言之不尽、欲说还休的东西。当初激扬的理想、青春的友情，都被时间的潮水冲刷得七零八落，思此追忆少年时光的豪兴顿时转为黯然神伤。

这两句用的是流水对，声情跌宕，极富神采，读之如见其人俯仰感喟之态。十年的时光，只说了十个字。别后人世种种沧桑，不知从何说起。诗人只在“一别”、“十年”之前冠以“浮云”、“流水”，便若隐若现地传达出从回忆落到现实之时的那种不胜感喟的心情。

诗中“浮云”、“流水”不是写实，都是虚拟的景物，借以抒发诗人的主观感情，表现一别十年的感伤。“浮云”、“流水”也暗用汉代苏武、李陵河梁送别诗意。公元前82年冬，在冰天雪地的漠北穹庐（蒙古包），两位年近六十的老人酌酒对饮。一位面容憔悴，须发尽白，他就是牧羊北海、居匈奴十九年而不改其节的汉使苏武；另一位则是曾以五千之卒横挑强胡，终于“矢尽道穷”而屈降匈奴的李陵。此刻，苏武即将归还汉廷，而置酒相贺的李陵却只能长留异域，在耻辱中偷生。李陵《与苏武诗三首》有“仰视浮云驰，奄忽互相逾。风波一失所，各在天一隅”，苏武《诗四首》则有“俯观江汉流，仰视浮云翔”。后人常以“浮云”表示漂泊不定、变幻无常，以“流水”表示岁月如流、年华易逝。

欢笑情如旧，萧疏鬓已斑

久别的朋友又在淮河边相逢，还是和十年前一样把酒言欢，一醉方休。甚至连环境都相似，也是在河水之滨。似曾相识的浪花，拂面而来的微风，情谊依旧，情境恍惚相似。喜，故“欢笑”；然而，又怎么可能“如旧”？十年漂泊，没有带来理想的实现，却多了无限的沧桑。老友对视，发现对方的头发都已稀疏而花白了。沧桑感无法说尽，却凭斑斑衰鬓尽显出来。喜中有悲，是这一联的特色。

何因不归去？淮上有秋山

今宵酒醒之后，朋友又当返回梁州去了，而诗人还要滞留此地。在“情如旧”的友谊的感召之下，诗人用假设的问答句法，对朋友说出了自己的想法：为什么我不再回到梁州去呢？原因是淮上秋山风景秀美，使我舍不得离去。诗人另外写过一首《登楼》诗，其中有句云：“坐厌淮南守，秋山红树多。”称美淮上满山红树，秋色绚烂，令人陶醉回味不已。

“何因不归去”是句“诗家语”，乃是诗人假设故人所问。而诗人自己的答话则不得要领。这不得要领，正是传情妙笔。在这“欲去不得去，薄游成久游”之地，心情之翳滞能说得清么？况且这是个“喜会”，该说这些不愉快的原因么？因此，不着边际地说句“淮上有秋山”，也就够了。相知多年的友人足可领会其此刻心情。

清沈德潜论此诗曰：“语意好，然淮上实无山也。”近人孙望《韦应物诗集系年校笺》反驳说：“‘淮上’云云，所指甚广泛，归愚（按：沈德潜字）谓淮上实无山，不可信。”这种争论固然可供参考，但从诗歌艺术角度看，淮上有山无山并不那么重要。其实，与其说这座“秋山”是一座客观意义上的山，倒不如说它是诗人心中的“秋山”，已经从身外之景变为内心之景了。有学者在将大历诗人和六朝诗人、王维比较后得出的结论说，王维是写眼中的山水，而大历诗人则是写心中的山水。韦诗中的这座“秋山”应该就是一个写心中山水的典型例子。

如果说“梁州”指代的是年轻时候的理想，那么，归依“秋山”就是诗人在反省前半生漫长而无望的生涯后作出的新的价值选择。达则兼济天下，穷则独善其身。虽然诗歌省略了这两种价值观优劣的理由陈述，省去了诗人长久以来的痛苦思考和脱茧而出的艰难，但从“何因不归去？淮上有秋山”两句，我们已经感知到了诗人思考的过程。“淮上有秋山”是诗人久经思考后作出的决断。这份决绝、坚定，不仅否定了回忆的优柔和软弱，还斩钉截铁地表明了一种对未来的执着的渴望，隐含着对未来命运之路的不容置疑的明确论断：秋山将彻底断绝我的“归去”之念，它将长久滋润我的心灵，因为心中始终“有”重新得到确认的“秋山”。往昔依然强大，但对未来的信仰却使诗人有能力拒绝返回，并能够战胜回忆往昔带来的伤痛。诗人从此将不必借助回忆来修补精神的伤口，他对自己未来道路的选择是如此坚定，因为他已经得到了与此前不同的人生乐趣。

诗中还隐隐约约包含着论辩的口吻，企图推己及人：因为友情，诗人在回答人生选择和顿悟的同时，还隐含着以自己的经历来旁敲侧击地告诫友人的用意。他试图告诉友人，选择什么样的人生才是有价值的。“淮上有秋山”既是辩驳之后内心的确认和确信，也是对友人的委婉劝诫。

评解

本诗语浅情深，然而善摹情状，道得心曲中事。其节奏流动，又富于跌宕起伏之感。“浮云一别后，流水十年间”两句最为传诵。浮云东西，流年似水，明白如话，又暗中用典，用典不啻自己口中所出，便觉深沉。结构上，“浮云”上承“为客”，“流水”上承“江汉”，“一别”、“十年”下启情旧、鬓斑。不仅在起伏中见顺畅，更将抽象的离情别绪化为富于时空感的视觉形象，有浩荡不尽之意。

唐司空曙《云阳馆与韩绅宿别》颔联云：“乍见翻疑梦，相悲各问年。”李益《喜见外弟又言别》颔联则云：“问姓惊初见，称名忆旧容。”也都是用流水对。有学者认为，颔联用流水对道难言之情，可能是大历、贞元间一种流行的句式。这三联诗并称佳绝，而相比之下，韦应物这一联似较另两联更为宽远深沉。

此诗在艺术技巧上还有非常突出的一点，就是其疏密剪裁的功夫。十年阔别重逢，可写的东西很多，诗人非常巧妙地做到了疏密相间，详略适宜。颈联和尾联抓住久别重逢的情景作为重点和主体，详加描写，写出了今日的相聚、痛饮和欢笑，写出了环境、形貌和心思，表现得很细密。颔联“浮云一别后，流水十年间”，表现的时间最长、空间最宽、人事最繁杂，诗人却只用了十个字，便把这一切表现出来了。

赋得暮雨送李胄

楚江微雨里，建业暮钟时。
漠漠帆来重，冥冥鸟去迟。
海门深不见，浦树远含滋。
相送情无限，沾襟比散丝。

题解

这既是一首咏物诗，又是一首送别诗，大历七年（772）或八年在洛阳所作。赋得，古时文人按限定的题目作诗，一般在诗题前面冠以“赋得”。此诗题为“赋得暮雨”，诗中所描写的并非眼前实有景象，而是揣摩想像得来。“送李胄”则是写诗的本意。李胄，字恭国，著作郎李昂之子，贞元中官鲁山县令、户部员外郎、比部郎中；一作李曹，又作李渭。

赋得暮雨送李胄 诗意图　张明石 绘

【句 解】

楚江微雨里，建业暮钟时

首联双起破题，将“暮”、“雨”二字拈出。黄昏时分，诗人伫立在细雨蒙蒙的江边，这是为何呢？原来他正在此送别好友，这又照应了诗题中的“送”字。“赋得”体诗的作法与咏物相类，须扣紧题目，起承转合分明，对仗精工，全篇空灵浑成，方称得体。著名的“赋得”体诗如白居易《赋得古原草送别》，首句“离离原上草”即破题面“古原草”三字。

“楚江”，长江自三峡以下至濡须口（在今安徽境内），古属楚地，所以这段长江又称楚江。“建业”，即金陵，秦代为秣陵，三国时吴主孙权迁都于此，改称建业，晋代复改为秣陵，旧城在今江苏南京南。“楚江”、“建业”均是送别之地。“暮钟”，点明是在黄昏时分，因佛寺中有早晚撞钟、击鼓以报时间的习俗，即所谓“晨钟暮鼓”。“微雨里”的“里”字，既暗示作者正身历其间，又描绘出一个细雨笼罩的压抑场面。此诗以寺院钟声衬雨，渲染离别气氛。后来杜牧诗“南朝四百八十寺，多少楼台烟雨中”，则是以烟雨衬佛寺，可谓异曲同工。

漠漠帆来重，冥冥鸟去迟

“漠漠”，弥漫广布的样子；“冥冥”，形容天色昏黑，也形容雨密。这两句继续写江面景象：日暮且下着雨，朋友离去所乘的船很快就看不见了，而诗人仍恋恋不舍，久伫不归。他下意识地看江上千帆过尽，来了又去，去了还来。细雨密布在帆上，帆湿而重。诗人的离别情怀仿佛也被雨打得湿漉漉地，格外沉重，故他眼中所见江上飞“鸟”，亦觉其滞重难堪。“重”、“迟”既是帆席、鸟羽为雨所沾湿的景象，又使人联想到惜别时的沉重心情。“帆”、“鸟”互文，来而重重，去而迟迟，由来而去，引出下联。

“漠漠帆来重”一句，不写离舟而写来帆，可谓含蓄蕴藉，曲尽其妙。李白名句“孤帆远影碧空尽”，写的是伫望故人离帆渐行渐远，恋恋不舍。而此诗表达同样的感情，却只于来帆用笔。明写来帆，寄寓的却是对去帆的思念。朋友已然离舟远去，杳不可见，江上只看得见来帆的影子。但诗人仍伫立江边不忍离去。如此表达离情别绪，更显含蓄深沉。这两句诗意化自梁简文帝《赋得入阶雨》中“渍花枝觉重，湿鸟翻飞迟”。梁简文帝诗写因下雨而花重鸟迟，纯粹描景状物，以有形写无形，可谓精巧。而韦诗化用更

为精妙，一是在写景中更加注重动静结合，以动写静，以静写动：帆来鸟去为动，但帆重则不能进，鸟迟似不振翅，又显出相对的静来；二是能以情驭景，景中含情，从而让人更加情动于衷，不能自已。那羽湿行迟的飞鸟，正是远去行人的写照；那欲进难进的情境，又何尝不可视作诗人此时此地心境的象征呢？

海门深不见，浦树远含滋

“海门”，指长江入海处，暗示诗人所送友人是向东行。“浦树”，江边的树木；“含滋”，带着雨水。这两句将镜头由近推远，由特写改为全景：朋友的船往东驶入很远处的江面了。诗人极目远望，然而人去帆远，暮色茫茫，目不能及，故觉其“深”。明知不可见而仍冀望一见，然而，看见的却只是江岸树木，盈盈含着雨水，在晚风中飘摇，似乎与诗人在一起伫立着送别行人。一个“含”字，移情入景，正如诗人的眼中不知不觉间也已噙满泪水。“深”“远”二字着意渲染一种细雨迷蒙的景色，与上面两句一起，共同勾勒出了一幅极富立体感的画，而且整个画面都笼罩在蒙蒙微雨之中，别有一种迷离的美感。

相送情无限，沾襟比散丝

“沾襟”，指眼泪；“散丝”，比喻微雨，晋张协《杂诗》有“腾云似涌烟，密雨如散丝”句。久伫江边的诗人似乎也站立成了一棵雨幕之中的江树，而“含滋”的江树又似乎是在与诗人一起送别朋友，这样的相送，能说不是“情无限”吗？伫立愈久，情感的蕴积就愈深。猛然，那令人肠断的暮钟声传入耳鼓，撞击心弦。诗人再也抑制不住自己的感情，不禁潸然泪下。沾襟的是雨还是泪，茫然已不可分。咏暮雨与抒别情交汇融合，全诗的情感于此达至最高潮。

笔者以为，此诗中“散丝”也双关江树丝条。如果诗人仅仅是将眼泪比作雨丝，那么结句的“比”字就显得过于直白，因此有人评论说“此诗精彩处在前六句，情深而语淡。至其结句，中规中矩而已”。但如果我们联系“浦树远含滋”来考察，那么，诗人在泪眼婆娑中是很容易将“含滋”的江树幻化成含泪的送行者的。眼前的丝丝细雨飘飞，正如同那随风摇曳、沾满雨水的丝条，共同交织成一幅烟雨薄暮中的送别情景。如果是这样，则这里的“丝”字应也运用了谐音的修辞手法。“丝”与“思”谐音，诗人将“相送情”和“散丝”“互藏其宅”，可谓“妙合无垠”（明末王夫之《薑斋诗话》），且富有新意。李白以“唯见长江天际流”、“桃花潭水深千尺”写别情，情深意长。而韦应物则以细密的雨丝、雨幕中的丝条为比，且比中巧妙地蕴含谐音的手法，也可谓独辟蹊径，使诗句情景交融，意韵悠长。

评解

此类“赋得”体诗，贵在将状物与送别二者有机地结合起来。本诗则不仅能使之水乳交融，更使之互为生发。诗人通过铺写渲染烟雨、暮色、重帆、迟鸟、海门、浦树，营造出浓重阴沉的压抑氛围，从而有力地烘托出诗人的离情别绪。而送别又使“暮雨”这一自然景象渗透了黯然神伤的主观感情色彩。李白的《送孟浩然之广陵》也写到友人离去之后送行者伫立江边的情景，而韦应物这首诗则把伫立送行这一情景贯穿于整首诗，强化了伫立者的形象，增强了诗的感染力。这正是这首诗独具魅力之处。

在写景方面，诗人采用烘托的艺术手法。除了首句提到“微雨”以外，下面都没有直接写雨，而是通过别的事物把雨写出来：船上的布帆变得重了，鸟儿飞得不那么轻巧了，江边的树饱含水分。读这些句子，我们就会感到，在船帆上，鸟羽上，在天际，在大树上，全部是蒙蒙的细雨，正如清吴瑞荣《唐诗笺要》所云，“通篇无一语放松‘暮雨’”。这种手法无疑增强了诗歌的表达力。

休暇日访王侍御不遇

九日驱驰一日闲，
寻君不遇又空还。
怪来诗思清人骨，
门对寒流雪满山。

题解

这首诗写在大历七年（772）前后河南府兵曹参军任上，诗题一作《休日访人不遇》。王侍御，名未详，和韦应物有在洛阳“府县同趋”的经历。本诗借景物描写称美友人之诗，颇为巧妙。

休暇日访王侍御不遇 诗意图　李也青 绘

【句 解】

九日驱驰一日闲，寻君不遇又空还

九天公务奔忙之后终于有了一天休假，诗人便去访友，却没能遇见，只好返回。一个“又”字，可见诗人这样“寻君不遇”已不止一次了。“驱驰”，指为公务奔忙。忙碌多日，终于有一天休闲的日子，于是想去找朋友聚聚、聊聊，却一次次地遇不见，失望之情可想而知。

古人每十日有一日休息，因此每月分上旬、中旬、下旬，又称上浣、中浣、下浣，意谓休息在家，可以清洗衣服。

怪来诗思清人骨，门对寒流雪满山

本来诗人如此地失望，可眼前的景物却令他思路突然宕开，说起了此行的一大发现：怪不得你的诗思那般“清人骨”，原来是因为你住在这样清幽之地，门对着清寒的小溪以及满山积雪。“流”，小溪。

“诗思清人骨”和“门对寒流雪满山”，真的有像诗人说的那种因果关系吗？这当然不能较真，因为诗歌的逻辑是不同的。唐诗中的佳句，很多时候就来自一刹那间的惊奇，觉得这说法很新鲜，觉得很有些说不清道不明的道理。门前是清冷的小溪、满山的白雪，每天身处这样一种环境中，人连同他的诗怎会不带上清净、清爽的精气神呢？

寻访不遇或许是失望的，但诗人为什么还要一次次地寻访？原因或许正在于这里“门对寒流雪满山”。诗人自己要日日驱驰于官场，友人却可以日日清闲；自己天天面对的是案牍堆积如山，斯人面对的却是水长流、雪满山。两个世界，两种生活方式，体味于斯，诗人的情感倾向，岂不是很昭然了吗？不再是失望，不再是遗憾，竟是有些羡慕了。

评 解

此诗最绝妙处在于用优美的自然景物来形容友人之诗，既兼抒情，复兼议论，所以前人以为拟想绝妙（明周珽《唐诗选脉会通评林》）。

《世说新语 · 任诞》里有一个著名的故事，王子猷（徽之）雪夜乘船前去拜访朋友戴安道（逵），经过整整一个晚上才到。可是到了朋友的家门口，王子猷忽然又要返回。人问其故，他说，我本是乘兴而行，兴尽而返，又何必一定要见到朋友呢？其实，古代诗人在人际交往中往往是凭“兴致”，如陆游有“从今若许闲乘月，拄杖无时夜叩门”（《游山西村》），高启有“渡水复渡水，看花还看花。春风江上路，不觉到君家”（《寻胡隐君》），等等。乘兴而往的结果，是常常访而不遇。但这种情形下的访而不遇，造访者虽则有些惆怅，却不会有怨言，似乎反而感到别有情趣，以至在古代诗歌中，竟然衍生出一种“访某某不遇”的题材。比如贾岛《寻隐者不遇》，“只在此山中，云深不知处”，又如皎然《寻陆鸿渐不遇》，“扣门无犬吠，欲去问西家。报道山中去，归来每日斜”，等等，都表现出了隐者的高洁。访求不遇，却能从中发现生活的乐趣和温厚的人情，这不能不说是一种颇富魅力的生活态度。

长安遇冯著

客从东方来，衣上灞陵雨。
问客何为来？采山因买斧。
冥冥花正开，飏飏燕新乳。
昨别今已春，鬓丝生几缕？

题解

冯著是韦应物的朋友，其事失传，今存诗四首。韦应物赠冯著诗也存四首。据韦诗所写，冯著有才有德，却失志不遇，先在家乡隐居，后来到长安，有文名。韦应物于大历四年（769）至十三年在长安，而冯著在大历四年离长安赴广州，约在大历十二年再到长安，十年过去，仍未获一官半职。这诗可能作于大历十二年，诗人对这位友人深怀同情，并以诙谐风趣的笔调加以慰勉。

长安遇冯著 诗意图　张明石 绘

【句 解】

客从东方来，衣上灞陵雨

冯著从东边来到长安，衣服上还沾留着灞陵的雨露。“客”即指冯著。“灞陵”，汉文帝陵，在长安东郊山区。但这里并非实指，而是借用典故指代长安以东地区。灞陵山是长安附近隐逸之士喜欢的地方，东汉梁鸿、韩康等都曾隐遁于此。庾信《奉和赵王隐士》诗曰：“霸陵采樵路，成都卖卜钱。”用以比喻隐居者自给自足的生活。

诗人写与冯著的相逢，只用了“衣上灞陵雨”五个字，写了一个简简单单的细节。但这个细节耐人寻味，既点出冯著名士兼隐士的风度，也隐含着他风尘仆仆、经历了很久的游历最终来到长安这样一种意思。清人惠栋《九曜斋笔记》中说：“古人云：‘百里不共雨。’余每行役遇雨，雨过复取道，行里许，天气晴明，略无雨意。顾视衣盖，犹沾濡。韦左司诗云：‘客从东方来，衣上灞陵雨。’阮亭先生《使秦蜀诗》云：‘行人衣上雨，来自杜阳川。’未行役，不知此诗之工也。”这个细节使人联想到冯著的种种经历，令人顿有五味杂陈、百感交集之慨。

问客何为来？采山因买斧

冯著为何来到京城长安？诗人自设问答，揣测逢遇的原因。“采山”，语出晋左思《吴都赋》“煮海为盐，采山铸钱”，意谓入山采铜以铸钱；“买斧”，化用《诗经·豳风·伐柯》：“伐柯如何？匪斧不克。娶妻如何？匪媒不得。”可能冯著来长安应征或求官，希望有人援引，所以韦诗用采山、买斧作比喻。也有人认为此处取意于《易经·旅卦》：“旅于处，得其资斧，我心不快。”意谓旅居此处，但没有平坦之地可用，尚须用斧斫除荆棘，故心中不快。如果这样解，则这两句带有开玩笑的意思，说冯著来长安本是为了采铜铸钱发财的，但没想到只遇到一片荆棘，还得买斧子斫除。如此一问一答，语带俏皮打趣，显然是想通过开玩笑的方式冲淡友人的不快，所以下文便转入安慰劝勉。

冥冥花正开，飏飏燕新乳

诗人对友人的慰勉是通过描写眼前的春景来巧妙地表现的。“冥冥”，昏暗的样子，这里指花叶茂密成荫。“飏飏”，欢快地飞翔的样子；“燕新乳”，指雏燕。花开燕飞，春光正好，友朋重逢，何其喜悦！这两句虚写春景，实则道出的是诗人重逢老友的欣喜之情。同时，诗人选择这样生机勃发的形象，也是想暗示冯著不要因暂时的失意而情绪低落。春花正发，新燕试飞，生机蓬勃，好友你不也正如同这绽开的春花、这学飞的新燕一样，仍然充满生气吗？

昨别今已春，鬓丝生几缕

从上次分别到今春重逢，时间已不短。然而你的鬓发并没有添了几缕白丝，你还不算老，又何必那么不快呢？诗以反问作结，勉励友人不可消沉，称许友人盛年未逝，仍有希望。

前面“问客何为来”用的是自问自答的设问句式，结语这两句则用反问句式，其表达的感情都是相对平和的。虽是在发问，而诗人心中早已有答案。蕴含其中的是一种理解、同情、体贴和慰勉。

评解

诗人面对的是一个失意沦落的朋友，希望通过自己的诗歌带给他安慰。但诗人写得很平静。平静之中见真情，多难的时节，平静其实就是一种力量。而所谓朋友，大概就是可以共同享受平静的力量的人。有论家说，中唐其实才是出大诗人的好时候，杜甫是因为到了中唐才成了杜甫。这个时候，国家和个人都已经饱经沧桑，所以这应该是一个出大诗人、出好诗的时期。

宋人刘辰翁对此诗有一句精当的评论：“不能诗者，亦知是好。”称赞此诗的感人力量。诗人采用活泼自由的古体形式，吸收了乐府歌行的结构、手法和语言特点。在叙事中抒情写景，以问答方式渲染气氛，借写景以寄托寓意，用诙谐风趣的语言来激励朋友。它的情调和风格，犹如小河流水，清新明快，而又委曲宛转，读来似乎一览即尽，细品则又回味无穷。

东郊

吏舍跼终年，出郊旷清曙。
杨柳散和风，青山澹吾虑。
依丛适自憩，缘涧还复去。
微雨霭芳原，春鸠鸣何处。
乐幽心屡止，遵事迹犹遽。
终罢斯结庐，慕陶真可庶。

题解

这首诗是诗人大历十四年（779）春在鄠县（今属陕西）令任上作。东郊，指鄠县的东郊。诗人久困公务，偶尔郊外远足，回归自然的欢欣之情油然而生。

东郊 诗意图 张明石 绘

【句 解】

吏舍跼终年，出郊旷清曙

“吏舍”，官府下层官吏的居室，《史记 · 曹相国世家》：“相舍后园近吏舍，吏舍日饮欢呼。”“跼”，局促，拘束。诗人整年拘束地待在官署之中，案牍劳形，实在烦闷。于是在一个春天的清晨，他出门郊游，在清朗的曙色中，顿觉心境开阔，精神随之欢愉起来。

杨柳散和风，青山澹吾虑

杨柳、青山沐浴在习习和风中，自己的思虑杂念也随风淡淡而逝。“杨柳”句似脱化于陶渊明的“日暮天无云，春风扇微和”（《拟古》其七）。在东晋兰亭集会的诗作中，“散”、“豁”、“涤”、“畅”等字眼随处可见。这两句中一“散”一“澹”，颇有上述东晋玄言诗的风味。从东晋玄言诗中可以明显看出，士族文人们借山水来散怀、豁忧、畅神，寻求一种摆脱尘网俗务的人生境界，并由此悟解自然玄理。而韦应物此诗的精神追求，可以说与晋人一脉相承。

依丛适自憩，缘涧还复去

依着树丛自由自在地憩息，沿着涧流随心所欲地徘徊，莫不以适为得，心随迹止。“依”、“憩”、“缘”、“还”、“去”等字写出了诗人或行或止的逍遥情形。这两句与王维“行到水穷处，坐看云起时”（《终南别业》）含意相近。

晋王羲之《兰亭诗》云：“群籁虽参差，适我无非亲。”表现的是一种人与自然合一的状态。自然界处处、物物均可亲可爱，诗人由山水而进入物我泯一之心境，山水与人仿佛相感相通。以新鲜活泼、自由自在的心灵领悟这世界，使触着的一切皆呈露新的灵性、新的生命，从而体味这活泼的宇宙生机中所含至深的理趣。韦诗也体现出这种感悟特色。

微雨霭芳原，春鸠鸣何处

“霭”，迷蒙的样子。芳香的原野落着迷蒙的细雨，宁静的大地到处是春鸠鸣啼。诗人正是在体悟无往而不适、何待而不足的理趣之时，领略了青山芳原、和风微雨涤净烦虑的快意。“微雨”、“春鸠”，一见一闻，点明春景。

乐幽心屡止，遵事迹犹遽

“事”，这里指公务；“遽”，匆忙。诗人本性喜欢此地的清幽，好几次都想住下来，却因为公事缠身，行迹总是匆匆忙忙。

终罢斯结庐，慕陶真可庶

“结庐”，陶渊明《饮酒》诗云“结庐在人境，而无车马喧”，本诗“结庐”的设想即出于此。“慕陶”，追慕陶渊明的高情逸致；“庶”，庶几，接近。

诗人心中羡慕陶渊明，他有个心愿，就是有朝一日在这个幽静的地方结庐而居，这样庶几可以得到陶渊明式的高情逸致了。诗人即景生情，写出曲曲心事，篇末以慕陶作结，并呼应上文“澹吾虑”的感受。

评解

韦应物是陶渊明、谢灵运、王维、孟浩然之后最杰出的山水田园诗人，此诗体现了他对前辈诗人的继承和变革。

全篇写春日郊游之适意，于移步换景中见出心情由烦闷到淡恬到欣悦的变化。而篇末以理语抒情，兴结庐归隐之念，这样一种由景而情而理的结构起于谢灵运山水诗。但诗人在继承前辈诗艺的时候又有变化，他在写景方面芟除谢诗之繁华而得其菁华。篇末理语好似谢诗之多用老、庄、易、佛，却又能做到即事抒情，理在其中，不致如谢诗常为人所诟病的那样，“拖着一条玄言的尾巴”。这样，韦应物就在取法前贤的过程中，自成其淡然天成、一体清空的个性风格。

闲居寄端及重阳

山明野寺曙钟微，
雪满幽林人迹稀。
闲居寥落生高兴，
无事风尘独不归。

题解

此诗可能是诗人于唐德宗建中元年（780）冬在鄠县沣上所作，当时诗人已辞官闲居沣上善福精舍。端，即韦端，是韦应物的从弟；重阳，即崔播，韦应物的外甥。

闲居寄端及重阳 诗意图　王兴华 绘

【句 解】

山明野寺曙钟微，雪满幽林人迹稀

天已放亮，远处的山色渐明，郊外寺院的晨钟声若有若无地传来。大雪积满幽林，自然更加人迹罕至。雪满山林，钟声隐微，描绘出了一个晶莹剔透、远离红尘的世界，这也正合了诗人闲居的心境。

闲居寥落生高兴，无事风尘独不归

“寥落”，寂寞；“高兴”，这里指悠然世外的高情闲趣。寂寞独处于此，诗人获得了他向慕的陶渊明等人那样的闲情逸致。如果没有必须办的事情，他甚至都不想回城里去。风尘不归，呼应上文“人迹稀”。这是诗人的价值取向，也是在向亲人表露自己的心迹。

评 解

韦诗长于先述情，后布景，而情在景中。此诗则以写景起，以议论结。诗人布下了“雪满幽林”这样一幅图景，由此而“生”出情感，“生”出议论，层层递进，浑然一体。

这是一首寄赠诗。寄赠诗涉及友情、亲情和爱情等，盛唐诗中以友情表现得最为酣畅饱满。诗人们在送别诗中抒发别情，相互勉励，以道义相许，以气节相勉，表现人与人之间深厚的情感，充满诚挚动人的人情美。而写亲族之情，则到大历时期略为增多。清人喻文鏊《考田诗话》卷一曾说：“左司之诗纯以淡处见腴，至其兄弟之情见于集中者尤多。”韦应物写给子弟亲人的诗有六十首之多，占其现存作品的十分之一，呈现出大历时代诗人更关注人伦感情的写作倾向。这大概是由于此时期的诗人生当乱世，“由于乱离的遭遇，大抵儿女情多，故长于描绘家人父子和亲友离合的主题”（《闻一多论古典文学》）。

幽居

贵贱虽异等，出门皆有营。
独无外物牵，遂此幽居情。
微雨夜来过，不知春草生。
青山忽已曙，鸟雀绕舍鸣。
时与道人偶，或随樵者行。
自当安蹇劣，谁谓薄世荣。

题解

韦应物自少年时代开始，在官场上度过了大约四十年左右，其中只有两次短暂的闲居。这首诗大约写于建中二年（781）春间，当时他辞官闲居沣上。幽居即闲居，陶渊明在《答庞居士》诗中自称“我本幽居士”，此诗有可能也是效陶之作。全篇描写一种悠闲宁静的境界，反映了诗人幽居独处、知足保和的心情。

幽居 诗意图　王兴华 绘

【句 解】

贵贱虽异等，出门皆有营

“营”，营求。本篇写的是幽居，而先将那些不能幽居者作为引子。富贵者于朝廷追逐功名，贫贱者则为生计而四处奔波。人虽贵贱不同，有所营求则同，有营求则不得不出门矣，又谈何“幽居”？两句虽平平写来，透露的却是诗人对尘世间“天下熙熙，皆为利来；天下攘攘，皆为利往”（《史记·货殖列传》）的感慨，透露出他对人生道路坎坷不平、人人都要为生存而到处奔竞的现状的厌倦之情。有这样一个反衬，下文写自己的幽居情怀就自然而然。

独无外物牵，遂此幽居情

在世人“皆有营”的背景下，诗人内既无营，外亦无物，所以独能不为外物牵绊，得遂幽居之情。“外物”，指功名利禄等身外之物。诗人在《高陵书情寄三原卢少府》诗中说：“日夕思自退，出门望故山。君心倘如此，携手相与还。”表达了对官场现实不满而欲归隐的愿望。如今，他能够辞官归来，实现夙愿，自然满心欣喜。“独”字、“遂”字，点出心满意足之情。

微雨夜来过，不知春草生

诗人此时的心情是愉快的、安闲的，因而他笔下所描绘的景物也自然染上轻快明丽的色调。这两句和下面四句都是以愉悦的笔调对幽居生活作具体描写，表现诗人脱略世事羁绊、与自然生活融为一体的适意心境。

这两句历来受人赞赏。夜来微雨，而诗人不知有微雨，至早晨方知有微雨。微雨已过，青草经雨而生，而诗人同样浑然不觉，所谓“吾忘吾生，又安知草之生”。这两句看似写景，实则写情，充分表达出诗人对夜来细微春雨的喜爱和对春草在微雨滋润下成长的欣慰。夜里微风吹过，大地生出绿草，诗人的感受既像杜甫写“随风潜入夜，润物细无声”时的那种欣喜，又像谢灵运写“池塘生春草，园柳变鸣禽”时的那样惊于物候更新。但“不知”二字又将惊喜之情变成顺其自然的旷达淡泊，于是便表现出了一个沉浸于“幽居情”里的高士风度。看似随意的“不知”二字，最能见出人的陶醉与安适心境，似乎诗人自己已与时空一道流转迁化，进入了物我两忘的境界。

青山忽已曙，鸟雀绕舍鸣

夜间幽居，不意天色已亮。诗人大概是见到山色青翠，方知天色不觉已晓。而之所以看到青山，是因为先听到鸟雀鸣声绕舍而自然醒来。这是上文情景的延伸与烘托。微雨春草、青山鸟雀，悉皆外物。而诗人与这些自然外物发生联系，正妙在不经意间。

时与道人偶，或随樵者行

诗人幽居山林，无所营求，故很少与人交游。偶尔出门，也是随时任意而已。或与得道之人同行，或与樵夫相过从，他们都是无所营的。“道人”，得道之人，唐诗中也常用来指僧人，如柳宗元《晨诣超师院读禅经》“道人庭宇静”，其中的“道人”就指僧人超师。“时与”、“或随”，说明都不是经常的，不是刻意的，表达出诗人投身林泉、与人同乐的雅趣和旷达超脱的品格。

自当安蹇劣，谁谓薄世荣

“蹇劣”，笨拙低劣。“薄世荣”，鄙薄世人对富贵荣华的追求，《三国志·魏志·王粲传》称徐干“轻官忽禄，不耽世荣”。诗人谦称自己本就才能低劣，自当安心于这种幽居生活，而并非因为鄙薄荣名利禄才作出这番隐逸举动的。这两句学修道之人口气，恬退自抑如此。

这里表现的是一种真正的隐逸心情。韦应物不是像孔稚珪《北山移文》中讽刺的假隐士，自负才高，抱怨命运不济，任情负气而归隐山林田园；也不是像以“终南捷径”而得名的卢藏用等人，只把隐居当作以退为进的手段。

评解

本诗也是韦应物的名作。明代宋濂论韦应物说：“一寄秾鲜于简淡之中，渊明以来，盖一人而已。”（《宋文宪公集》卷三十七）何良俊则称：“左司（韦应物）性情闲远，最近风雅，其恬淡之趣，不减陶靖节。”（《四友斋丛说》）这些评价，可以在这首诗中得到很好的印证。诗中全无愤激之语，自诉乐于和修道之人、樵夫为伍。之所以这样，是因为自己性本蹇劣，而并不是因为鄙薄世间荣华。如此棱角全无，当真是修炼到“也无风雨也无晴”的古井之心、古淡之境了。所谓“右丞（王维）之自然，太白之高妙，苏州（韦应物）之古淡，并入化境”（清沈德潜《说诗晬语》），斯言不谬。

燕居即事

萧条竹林院，风雨丛兰折。
幽鸟林上啼，青苔人迹绝。
燕居日已永，夏木纷成结。
几阁积群书，时来北窗阅。

题解

燕居，退朝而处，闲居。《论语·述而》：“子之燕居，申申如也，夭夭如也。”意思是说孔子闲居时舒坦而适意。此诗表达的也是闲居的适意，可能也是辞官居沣上时所作。

燕居即事 诗意图 王本杰 绘

【句 解】

萧条竹林院，风雨丛兰折

院子里的竹林显得很萧条，生长的丛兰也频遭风雨摧折。竹、兰都是士人喜爱的植物，士人们从它们身上看到了自己所追求的精神品节，因而对它们有着深厚的感情。苏东坡有句名言："不可食无肉，无肉使人瘦；不可居无竹，无竹令人俗。"郑板桥有题画诗曰："一竹一兰一石，有节有香有骨。满堂君子之人，四时清风拂拂。"都是这种情感的表现。

这两句是诗人对自己幽居环境的描写。但从"萧条"、"风雨"、"折"等字眼体味，或也暗喻他在仕途上受到排挤。从韦应物的生平看，他的每一次闲居都是因为受排挤、罢官，都是无奈而为之的。

幽鸟林上啼，青苔人迹绝

如此清幽的所在，只听得树林里的鸟儿啼叫。因为没有人来拜访，地上都已经长满了青苔。

燕居日已永，夏木纷成结

闲居的日子已经很久了，不知不觉已是夏天，树木已经郁郁葱葱。这两句与诗人《立夏日忆京师诸弟》中情形相近："改序念芳辰，烦襟倦日永。夏木已成阴，公门昼恒静。"

几阁积群书，时来北窗阅

"北窗"，指书房，夏天时这里最为凉爽。陶渊明《与子俨等疏》："见树木交荫，时鸟变声，亦复欢然有喜。尝言五六月中北窗下卧，遇凉风暂至，自谓是羲皇上人。"李白《戏赠郑溧阳》："清风北窗下，自谓羲皇人。"燕居之地人迹罕至，但是诗人并没有感到寂寞、沮丧。桌上、楼阁上堆满了书籍，没有世务的烦扰，他正可以时时来到书斋，享受阅读的乐趣。

评 解

本诗点睛之笔是结尾二句。由此返观前六句所述，虽然幽居或出于不得已，幽居之处亦显得萧条寂寞，但诗人却能无往而不适。此诗思想感情与《幽居》等诗一脉相承。宋人刘辰翁评点说："句句实状。"说此诗每句都是客观直白的描写。然而，诗人却在不动声色中完成了情感的转换，由"萧

条”、“风雨”悄然过渡到自适、惬意。所谓“妙在淡然不著痕迹”（日本明治时期学者近藤元粹语），正是韦应物诗的胜境。

自巩洛舟行入黄河即事寄府县僚友

夹水苍山路向东，
东南山豁大河通。
寒树依微远天外，
夕阳明灭乱流中。
孤村几岁临伊岸，
一雁初晴下朔风。
为报洛桥游宦侣，
扁舟不系与心同。

题解

自唐德宗即位以来，朝政每况愈下，内外交困，民不聊生。韦应物对此深感忧虑。建中四年（783），韦应物从尚书比部员外郎出为滁州刺史。做了十多年县令之类小官，如今终获一州之任，按理诗人应该欣慰。但他深知前路未卜，困难重重。怀着如此矛盾心情，在夏末秋初的一个日子，诗人离开长安赴任，经洛阳，坐船由洛水到巩县入黄河东下。十多年前，诗人曾任洛阳丞。如今重经故地，重见故人，往昔的回忆，未来的期许，初秋乍凉的清风，使诗人兴起无限慨叹，写下这首诗寄给从前的僚友们。府指河南府，县指洛阳县。

自巩洛舟行入黄河即事寄府县僚友 诗意图　王兴华 绘

【句 解】

夹水苍山路向东，东南山豁大河通

诗人所坐的船顺洛水向东北航行，两岸青山相夹。东南方向的深谷渐渐多了，仿佛青山豁然开通，这时船已不知不觉驶入黄河。这两句可说是对洛阳地理形势的诗意写照。如此简炼、准确，诗人仿佛是在赏景，而实则他却是心不在焉，陷入思虑。黄河的开阔景象，似乎惊觉了诗人，使他有豁然开通之感，起身眺望。

寒树依微远天外，夕阳明灭乱流中

然而，诗人遥望前景，萧瑟渺茫，眼中所见到的景象使他更为无奈而忧伤。在这个秋天的傍晚，黄河与天相连，天边隐约可见稀疏的树木在寒气中枯落。夕阳映照在汹涌奔流的河水中，忽明忽暗。“寒树”、“夕阳”构成了诗歌萧条、荒凉、冷落、凄清的意境，这是现实之景，但更是诗人的内心之景。安史乱后的唐王朝，不也正如一轮在“乱流”中沉浮挣扎的夕阳吗?

此时诗人笔下触目皆是“夕阳”、“落日”等令人倍感凄伤与消沉的惨淡意象，读来深感压抑与惆怅。这是那个时代的人所特有的一种犹如世纪末一般的心灵情结。刘长卿《岳阳馆中望洞庭湖》云：“叠浪浮元气，中流没太阳。”意境与韦应物此诗类似，也可视为对当时社会现实的形象概括和反映。这样的作品当时颇多，又如李嘉佑《承恩量移宰江邑临鄱江怅然之作》：“惆怅闲眠临极浦，夕阳秋草不胜情。”钱起《谷口书斋寄杨补阙》：“竹临新雨后，山爱夕阳时。”这是一个令人不能不忧伤的时代。生不逢时的感伤和惆怅，对社会、朝廷、时势的失望，人生失意的凄凉孤苦，都融进诗人笔下黯淡萧瑟的景物描写之中。明白了这一层背景，我们就不会把这四句诗看作纯粹的景物描写。

这两句是韦诗中的名句。一千多年后，颇具诗人气质的瞿秋白在行将走上刑场之际，于福建长汀囚室写下绝笔诗《偶成》，用以明志寄情。其诗云：“夕阳明灭乱山中，落叶寒泉听不同。已忍伶俜十年事，心持半偈万缘空。”第一句就是用“山”字巧易韦诗中的“流”字而成的新句，写出了白色恐怖笼罩下的萧杀气氛，以及视死如归的乐观精神。与韦诗相比，意境相似，而诗人的心态意绪则全然不同。

孤村几岁临伊岸，一雁初晴下朔风

“伊”，这里指伊水，在今河南中部，源出栾川伏牛山北麓，东北流，在偃师杨村附近入洛河。诗人忆起几年前在伊水边看到的一个孤零零的村落，自经战乱，那里的人民想必也经历了深重的灾难。眼前雨霁初晴，只见空中一只孤雁借着劲吹的北风南下飞去，恰似只身东去赴任的诗人。

“孤村”、“一雁”、“下朔风”，这一连串的意象描摹出孤苦伶仃、叹老伤怀的诗人形象。他自知无法力挽狂澜，因而心情更为颓丧。回顾多年来一事无成，如今虽然看起来雨过“初晴”，似乎仕途顺遂了，但也许仍然就像那只在朔风中飞行的孤雁吧？来年的春天，南飞的大雁还将回来；而远行的诗人自己则前路茫茫，何日是归程？灾难深重的国家，又何时才有中兴的机会？

为报洛桥游宦侣，扁舟不系与心同

这个时候，诗人想起了旧日在洛阳时朋友们的鼓励和期望，不禁感到悲慨而愧疚。《庄子·列御寇》：“巧者劳而知者忧，无能者无所求。饱食而遨游，泛若不系之舟，虚而遨游者也。”他觉得自己就像《庄子》所说的那样，是一个无所求的无能者，济世之情，奋斗之志，都难以实现。诗人告诉友人，自己到滁州做官，也不过就像所乘坐的这条船一样，随波逐流，听凭自然的安排。

在中国古典诗歌中，“船”的意象总是与漂泊之感联系在一起，而很多时候，“船”也体现“自由”这一内涵。“人生在世不如意，明朝散发弄扁舟”（李白《宣州谢朓楼饯别校书叔云》），“永忆江湖归白发，欲回天地入扁舟”（李商隐《安定城楼》），“钓罢归来不系船，江村月落正堪眠。纵然一夜风吹去，只在芦花浅水边”（司空曙《江村即事》），“小舟从此逝，江海寄余生”（苏轼《临江仙》）等，屡见不鲜。“泛若不系之舟”已成为包括韦应物在内的众多古代士人的人生选择。

评 解

此诗写景之中寄托情思，重兴会标举，颇得传神写意之妙。诗以歌行式的句法起调，又用较为响亮的“东”韵，形成自然宏畅的声情。诗中极写山河空旷豁朗之感：寒树之远，在天外似有似无；夕阳之淡，在水中似明似灭；岸边孤村，朔风只雁。尽量淡化和远化的意象，构成了无边开阔而又萧瑟苍凉的境界。明钟惺评此诗“潇洒不乏法度”，日本学者近藤元粹则称誉此诗“居然盛唐格调”。清人沈德潜对颔联至为推崇：“‘寒树’句画本，‘夕阳’句画亦难到。”又拿这两句与晚唐人诗中的佳句比较说：“‘鹭鹚飞破夕阳烟’、‘水面迴风聚落花’、‘芰荷翻雨泼鸳鸯’，同是名句，然皆作意求工，少天然之致矣。山水云霞，皆成图缋，指点顾盼，自然得之，才是古人佳处。”在他看来，此诗便是符合上述标准的佳作。

逢杨开府

少事武皇帝，无赖恃恩私。
身作里中横，家藏亡命儿。
朝持樗蒲局，暮窃东邻姬。
司隶不敢捕，立在白玉墀。
骊山风雪夜，长杨羽猎时。
一字都不识，饮酒肆顽痴。
武皇升仙去，憔悴被人欺。
读书事已晚，把笔学题诗。
两府始收迹，南宫谬见推。
非才果不容，出守抚惸嫠。
忽逢杨开府，论旧涕俱垂。
坐客何由识，惟有故人知。

逢杨开府 诗意图 杨立对 绘

题解

此诗作于建中四年（783）夏诗人赴任滁州刺史旅程中。他在路上遇到一位姓杨的老朋友，这位杨开府生平不详，从诗意揣测，应该是诗人天宝年间作三卫郎时的旧交。开府是“开府仪同三司”的简称，等级是从一品。但在当时，这只是文职散官的虚衔，并非真正做过从一品的职事官。如果这位姓杨的朋友确实做过从一品的高官，就应称他的职衔，而不称此虚衔了。从诗中可知，两人对彼此少年时期的生活都很熟悉，所以诗人追叙自己的往事和经历时口吻率真而详切。

这是一首五言古诗，二十四句一韵到底，内容则四句一转换。

【句 解】

少事武皇帝，无赖恃恩私。身作里中横，家藏亡命儿

“武皇帝”，唐代诗人常用汉武帝来代指唐玄宗，故称武皇帝，如杜甫《兵车行》：“边庭流血成海水，武皇开边意未已。”另有一说，认为玄宗曾六受尊号，分别是开元神武皇帝、开元圣文神武皇帝、开元天宝圣文神武皇帝、开元天宝圣文神武应道皇帝、开元天地大宝圣文神武应道皇帝、开元天地大宝圣文神武证道孝德皇帝。其中“神武”尊号始终沿用，“武”即“神武”尊号的省称。韦应物年方十五岁即为三卫郎宿卫宫禁，侍奉玄宗，前后约六年时间。其《燕李录事》诗自称“与君十五侍皇闱，晓拂炉烟上赤墀”。“恩私”，恩宠，杜甫《北征》：“顾惭恩私被，诏许归蓬荜。”诗人自承年少时服事唐明皇，倚仗皇帝的恩私，成为一个无赖子弟。本人是里巷中横行不法的人，家里窝藏的都是些亡命之徒。“横”，读去声，蛮横不法的人；“亡命”，因犯法而逃亡的人。

朝持樗蒲局，暮窃东邻姬。司隶不敢捕，立在白玉墀

“樗蒲”，也作“摴蒲”，是一种类似后来掷骰子的赌博。樗蒲的用具起初有盘、杯、马、矢四种，盘是棋秤，杯是后代骰盆的前身，马是棋子，矢即五木，是五枚掷具（最初由樗木制成，故称樗蒲）。唐李肇《国史补》卷下对樗蒲的玩法有详细记录，不过今天已经很难看懂。“局”，这里指摆设赌具用的木板，比如棋盘可以称为棋局。早晨就捧着赌具去找人赌博，夜里还去和东邻的姑娘偷情。司隶校尉看见我，不敢逮捕，因为我是天天在皇帝的白玉阶前站岗值班的人。“司隶”，司隶校尉，负责京师治安的官员。韦应物所属的三卫郎虽然职位不高，但由于是皇帝的近侍随从，地位特殊，所以连司隶校尉对他们也无奈其何。

骊山风雪夜，长杨羽猎时。一字都不识，饮酒肆顽痴

玄宗皇帝无论是冬幸骊山华清宫温泉，还是外出狩猎，我们都扈从左右。如此地受恩宠，少年时期的诗人也就恃恩而骄，成了一个大字不识，只会饮酒撒泼的愚顽之人。“长杨”，长杨宫，汉武帝狩猎的地方，汉扬雄有《长杨赋》、《羽猎赋》，备写游猎的盛况。这里是借汉宫说唐事。韦应物《燕李录事》：“花开汉苑经过处，雪下骊山沐浴时。”《白沙亭逢吴叟歌》：“冬狩春祠无一事，欢游洽宴多颁赐。”也都是追忆那段时间往事的，可以参看。据《旧唐书·玄宗纪》载，自天宝九载至十四载，即韦应物入侍宫禁这六年的时间里，玄宗每年都要游幸骊山一次或多次。在其扈从班列之中，就有韦应物。

以上三段回忆少年时期横行放荡及担任宫廷侍卫的生活，刻画出一个专横跋扈的少年无赖形象。

武皇升仙去，憔悴被人欺。读书事已晚，把笔学题诗

然而，一旦玄宗弃世升仙，自己便失去靠山，“恃恩私”的好运一去不返，落魄得被人欺侮。为了继续生存下去，当年的无赖少年只得改行读书学诗，虽然看来已经太晚了，但他也只能不得已而为之。“升仙”，婉言帝王之死。唐玄宗死于唐肃宗上元二年（761），卒年七十八岁。

两府始收迹，南宫谬见推。非才果不容，出守抚惸嫠

没想到弃武从文之后，居然被两府和南宫收留推许，选拔我去做了文官。“两府”，指诗人曾任洛阳丞（为河南府属官）及后为京兆府功曹参军并为高陵宰、鄠县令（高陵与鄠县均京兆府属县）之事。“收迹”，收敛行为。“南宫”，尚书省，韦应物建中二年为尚书省比部员外郎；“谬”，谦词；“见推”，被推荐任用。

然而，自己终于还是不见容于朝中，而被外遣去做安抚孤儿寡妇的地方官。诗人自承“非才”，意即才干不够，是一种委婉的说法。其实他被外派出京，可能缘于同僚排挤，事出不得已，并非他自己愿意的。“惸嫠”，孤苦无告的百姓；“惸”是无兄弟者，“嫠”是无夫者，即寡妇。“出守”，汉代郡的长官称太守，故汉人以出京去做太守为“出守”。唐代的州相当于汉代的郡，故唐人也沿用这个名词，以出任州刺史为“出守”。由这一句可知，此诗作于韦应物罢尚书郎出任滁州刺史之时。依唐制，丞与功曹都是辅佐官，不是长官；刺史和县令才是州县长官，有抚育百姓的职责。

以上两段叙述在玄宗弃世后诗人折节读书、历仕各地的人生经历。

忽逢杨开府，论旧涕俱垂。坐客何由识，惟有故人知

最后一段是结束语，点明题旨，抒发与友人杨开府久别重逢后的感慨。两位老友谈起旧事，不胜欷歔，为之落泪。而满座的宾客是不会知晓这些事的，往事不堪回首，也只有我们老朋友之间可以互相理解了。

评解

此诗与《温泉行》都是韦应物著名的自传体诗，可以参看。诗人在安史之乱后极其潦倒的时候，到温泉附近一个朋友家去作客，感慨过去的盛况而写了《温泉行》，其诗云：“出身天宝今年几，顽钝如锤命如纸。作官不了却来归，还是杜陵一男子。北风惨惨投温泉，忽忆先皇游幸年。身骑厩马引天仗，直入华清列御前。玉林瑶雪满寒山，上升玄阁游绛烟。平明羽卫朝万国，车马合沓溢四鄽。蒙恩每浴华池水，扈猎不蹂渭北田。朝廷无事共欢燕，美人丝管从九天。一朝铸鼎降龙驭，小臣髯绝不得去。今来萧瑟万井空，唯见苍山起烟雾。可怜蹭蹬失风波，仰天大叫无奈何。弊裘羸马冻欲死，赖遇主人杯酒多。”

本来韦应物也可以把他年轻时的所作所为写得非常浪漫（一掷千金的豪赌，与美女偷欢），十分风光（风雪夜中作为“武皇帝”侍卫的光荣，长杨围猎时的豪气）。可是他没有这样写，而是自暴其丑，把自己描写成一个恶少，反省自己作奸犯科、无法无天、成为乡里一霸的少年无赖生涯。他还写到自己不识一字的愚拙，对往昔作了真诚的忏悔。这个少年韦应物的形象，与人们一般所知道的，或者从其诗歌里看到的古淡高雅的韦应物形象反差甚大，所以人们乍看之下，会觉得本诗所写“不类苏州（韦应物）平生”。实际上这正体现了韦应物作品的另一种价值，在古雅恬淡之外，也有勇于自我反省和堪称“诗史”的一面。

全诗结构匀称，层次清晰，选材精当。宋人刘辰翁对这首诗有较详尽的

评述，评起首四句云：“缕缕如不自惜，写得侠气动荡，见者偏怜。太白亦云：‘托身白刃里，杀人红尘中。’”于结尾处则称：“收拾惨怆，自不在多。”又说：“古今如此创意传奇，极是有数，妙在语实，使人自喻。”还说：“写得奇怪，队伏逼真。旧见诗话，至以为不类苏州平生。不知其沉著转换，正在武皇升仙起兴，能令读者堕泪。”全诗用了半数篇幅极尽铺写，又在平铺直叙中完成了情感的转换，有沉郁深潜之妙，须用心方能体会，难怪刘辰翁反复称之为“传奇”、“奇怪”。

夕次盱眙县

落帆逗淮镇，停舫临孤驿。

浩浩风起波，冥冥日沉夕。

人归山郭暗，雁下芦洲白。

独夜忆秦关，听钟未眠客。

题解

这首诗也是韦应物建中四年（783）自长安赴滁州途中所作，表现作者晚泊盱眙县时的见闻以及由此引起的羁旅思乡之情。次，止宿，这里指泊舟靠岸。盱眙，唐代属楚州，即今江苏盱眙县。

夕次盱眙县 诗意图 张明石 绘

【句 解】

落帆逗淮镇，停舫临孤驿

“逗”，逗留。傍晚，行舟落下风帆，驶近淮水边的盱眙小镇，停向那岸边孤零零的驿站。

浩浩风起波，冥冥日沉夕

晚风劲吹，掀动了水面的波澜，也掀动了诗人的愁思。而太阳西下，天色昏暗，又无疑使他的愁思加重。诗人似乎也被暮色、被愁思浸没了。这两句写景从大处着笔，为全诗点染出一片灰暗的底色。

人归山郭暗，雁下芦洲白

远山和村郭都渐渐暗下来，人们也回到家里。远处芦苇丛生的河洲，在暮霭中呈现出一片灰白，只见大雁纷纷飞落其中。人归雁下，各得其所。但离乡者看到了不同于故乡的景致，不能不引发思归的情绪，反衬出无限的惆怅。此刻，诗人又哪里能安然入梦呢?

这两句除尾韵为仄声外，对仗称得上工稳，句式也凝炼精致，很像律诗中的对仗联。但这首诗却是五言古诗。一般说来，“正宗”的汉魏古诗多是自然流畅、类似散文的句子，句数也不固定。直到西晋以后，诗人们才在对偶、声律、语词等方面刻意求工，写出不少秀丽的骈句。而到梁、陈时期，诗人又逐渐压缩句数，把五言诗常写在十句或八句以内，讲究对偶而又音律谐和。但到了唐代以后，这些格式和句法成了律诗的专利，人们写古诗反而要特意避免这种格式和句法，使得古诗也呈现出格律化的倾向。像陈子昂、张九龄、李白的古诗就多写成散行，免得一不小心走错了家门，反落个体例不纯的名声。尤其是对偶句，更应当是律诗的独家本领，而不应当用在古诗里，以免搅乱了阵线。还有人说，古诗用了对句就会“气弱”，所以清施补华《岘佣说诗》就很委婉地批评了陆机、颜延之，说五言古诗“整密中不可无疏宕”。而吴乔《围炉诗话》中虽然明白“汉魏五古变为唐人五古”是“欲去陈言而趋清新”，但仍很严厉地要“去其有偶句者”来论五古，仿佛一用对偶的五古就成了赝品，就不是古诗了。如果以这种论调来审视此诗，那么韦应物是有引律入古的不纯正之嫌的。

今人葛兆光认为，韦应物以及比他更早的王维等人常常引律入古，也许是把古诗写成了四不象。但另一方面，他们又使五言古诗在浑朴自然中显露了一些精巧隽永，脱去了那一层披得太久以至于令人生厌的旧袍子，换上了鲜亮惹眼的新衣裳。更重要的是，既然有这种引律入古的倾向，那么也能引出援古入律的风气。这就像两个隔了一块玻璃的房间，打破了玻璃，可以从这个房间到那个房间，当然也可以从那个房间到这个房间。援古入律，便是中唐乃至北宋诗风大变的潜在因素之一。其实，韦应物在引律入古的同时也已经有援古入律的尝试了，后面将在其《闻雁》一诗中再作解释。

独夜忆秦关，听钟未眠客

“秦关”，指以长安为中心的关中平原，春秋战国时为秦地，有关河的险阻。韦应物是长安人，故这里代指其家乡。独宿孤驿，不禁勾起羁旅乡愁。更那堪远处寺院不断传来的钟声，使人愈加思绪萦怀，长夜不寐。这两句是情中有景，景中有情，余味不尽。

评 解

韦应物是长安人，唐人又以京官为重。由比部员外郎外放滁州，其心情之郁郁可想而知。何况南北遥隔，乡思更切，亦在情理之中。此诗写羁旅况味，泊岸停宿，不眠而起乡思。这种感受在唐代诗人笔下已经写过无数次。而本诗所以为名篇，则在于中间四句景语，尤其是后两句，看来是写景，却景中寓情，情由景生，景令情动。清余成教《石园诗话》卷一称：“韦诗如‘微雨夜来过，不知春草生’、‘人归山郭暗，雁下芦洲白’、‘乔木生夏凉，流云吐华月’、‘寒雨暗深更，流萤度高阁’、‘落叶满空山，何处寻行迹’、‘微风时动牖，残灯尚留壁’、‘浮云一别后，流水十年间’、‘寒山独过雁，暮雨远来舟’、‘寒树依微远天外，夕阳明灭乱流中’、‘怪来诗思清人骨，门对寒流雪满山’，有合于刘须溪所谓‘诵一二语，高处有山泉极品之味’也。”刘须溪即刘辰翁，他对韦应物诗甚为推崇，多有评说。

送杨氏女

永日方戚戚，出门复悠悠。
女子今有行，大江溯轻舟。
尔辈况无恃，抚念益慈柔。
幼为长所育，两别泣不休。
对此结中肠，义往难复留。
自小阙内训，事姑贻我忧。
赖兹托令门，仁恤庶无尤。
贫俭诚所尚，资从岂待周。
孝恭遵妇道，容止顺其猷。
别离在今晨，见尔当何秋。
居闲始自遣，临感忽难收。
归来视幼女，零泪缘缨流。

送杨氏女 诗意图　杨立对 绘

题解

这首诗是诗人建中四年（783）秋间在滁州刺史任上作。诗人送女出嫁，通过此诗抒写自己伤别之情。诗人于代宗大历十二年（777）丧偶，留下两个女儿相依为命，父女感情颇为深厚。现在大女儿要出嫁了，而且是溯江远行，当此离别之际，心中自然无限感伤。临行前诗人万千叮咛，谆谆告诫，希望女儿遵从礼仪、孝道，勤俭持家，殷殷之情溢于言表。

题目中的“杨氏女”，即指诗人的长女。研究者多谓其嫁往杨家，故称杨氏女。今人孙望先生考证说，诗中“女子今有行，大江溯轻舟”，与《送杨协律》“远念长江别，俯觉座隅空”所咏略同，参而味之，可知韦女所嫁即这位杨协律；又《全唐诗》杨凌卷有《奉赠滁州寄示》诗，参照此诗，则杨协律应该就是杨凌。然而考察一下古代妇女的称谓，此说亦有可疑之处。氏即姓氏，南宋郑樵《通志·氏族序》云：“三代之前，姓氏分而为二。男子称氏，妇人称姓。氏所以别贵贱，贵者有氏，贱者有名无氏。姓所以别婚姻……三代之后，姓氏合而为一，皆所以别婚姻，而以地望明贵贱。”对于已婚女子，古代较为固定的称呼是在姓下加“氏”，如称已婚妇女为王氏、孙氏等；有时也在其姓前冠以夫姓，如张王氏、周孙氏之类。依此，则韦应物之女即使所嫁确为杨家，也不应称为“杨氏女”。

近来赵昌平先生提出新说，认为韦应物的亡妻为杨氏，“杨氏女”应理解为杨氏所生之女。据考，韦应物在嫡妻卒后有悼亡诗十余首，其中咏花寄情者唯《杨花》一章，颇疑其嫡妻即为杨氏。若从此说，诗题所以称“杨氏女”，可理解为诗人在女儿出嫁之际不禁怀念起死去的妻子，而这也可以从诗中蕴含的对亡妻的深深怀念之情得到印证。从题意来说，此说使得“杨氏女”与前面“送”字的搭配也更顺畅自然。

【句解】

永日方戚戚，出门复悠悠

“永日”，终日；“戚戚”，忧伤的样子。“悠悠”，忧思满怀的样子。相依为命的父女就要分别，全家人自然整天都充满悲伤忧郁。然而启程的日子终究到了，离别的愁绪更觉绵长。诗一开始，就笼罩在一片愁惨凄恻的氛围之中。

女子今有行，大江溯轻舟

“女子”，女儿；“有行”，出嫁，《诗经·泉水》：“女子有行，远父母兄弟。”“大江”，长江；“溯”，逆流而上。女儿今天就要远嫁他乡，乘一叶轻舟沿江逆流而上。一“大”一“轻”，暗衬远行女儿的孤苦伶仃之状。既为逆流而行，船行必然缓速，离别的时间延长了，因而更加难舍难分。

尔辈况无恃，抚念益慈柔

“无恃”，指母亲辞世，失去依靠，语出《诗经·蓼莪》：“无父何怙，无母何恃。”诗人不禁浮想联翩，万千感慨：你们姐妹俩从小失去了母爱，念此我对你们就更加关爱慈祥。

幼为长所育，两别泣不休

此句下有作者的自注：“幼女为杨氏所抚育。”大女儿大些，自动代替父母承担起抚育小妹妹的责任。现在姐姐要出嫁了，姐妹情深，依依惜别，相互抱着痛哭不已，泪泣成行。

对此结中肠，义往难复留

“结中肠”，内心郁结。“义往”，据《礼记》：“女子二十而嫁，义当往也。”指女儿到了婚嫁年龄，就应该出嫁。看着姐妹俩相拥而泣的场景，诗人自然而然想到，往后将见不到大女儿，并且无人可以再为自己分担压力，抚育幼女的职责要全部落在自己身上了。这使得他愁肠百结。然而，女大当嫁，岂能挽留，也只能含悲忍泪送其上路。

自小阙内训，事姑贻我忧

“阙”，缺乏。“内训”，封建时代对女子的教育，《后汉书·曹世叔妻传》：“作《女诫》七篇，有助内训。”“姑”，婆母，这里泛指翁姑，即丈夫的父母亲。既然出嫁是理所当然的事，诗人作为父亲，便又开始为女儿的未来着想而担忧了。此句下作者自注：“言早无恃。”自幼丧母，女儿从小缺乏闺中妇德的教诲，出嫁以后，如何侍奉好公婆呢？诗人未免牵肠挂肚。

古代女子出嫁，有“哭嫁”之俗，既是表达别离之情，更是一种叮咛嘱咐。新娘会抱着每一位亲人哭诉自己的心里话，而亲人们自然也要对出嫁者千叮咛万嘱咐。前述“两别泣不休”指的是姐妹俩互诉衷肠。哭完妹妹哭父亲，父亲自然更有满肚子的话要和女儿说。自此句以下，至“容止顺其猷”，正是父亲对女儿的临别寄语。

赖兹托令门，仁恤庶无尤

“令门”，好人家。“仁恤”，仁慈体贴；“无尤”，据《说文》，尤，过也，怨也，无尤就是不过分责怨。这一去幸而是托身良善人家，一定会得到夫家的怜恤，不致于对你过分责求。这是诗人的自我安慰和希望。女儿跟着自己吃了这么多苦，希望她嫁到好人家后，生活会过得好一些。

贫俭诚所尚，资从岂待周

“资从”，指日常生活资料与婢仆；“从”，随从者；“周”，齐备无缺。守贫从俭是自己一贯所崇尚的，因此，陪嫁的妆奁无法办得丰厚完备。诗人希望女儿不要责怪当父亲的没什么积蓄。女儿出嫁以后，自己还将过着贫俭的生活，也希望她不要太挂念担心，因为自己已经习惯了这样的生活。这既是诗人的一种自宽自慰，更是宽慰女儿。

孝恭遵妇道，容止顺其猷

“妇道”，旧时女子所应遵守的道德轨范，如《孟子》所说：“以顺为正者，妾妇之道也。”“容止”，仪表和举止，《孝经》：“容止可观，进退可度。”“猷”，规矩。希望你到了夫家以后，对长辈要孝顺恭敬，恪守妇道。仪容举止都要循规蹈矩。诗人细心地向女儿一件件交代。

别离在今晨，见尔当何秋

今晨你就要辞家远行了，再见还不知是什么时候。女儿嫁得很远，要归宁一次极为不易。何况诗人也是宦游之人，到处漂泊，要和女儿再见上一面，真是谈何容易。自此以下六句是诗人送别女儿后自叙伤感之情。

居闲始自遣，临感忽难收

女儿出嫁并不是突发事件，诗人肯定是早有准备的，平时也在尽量安慰自己，排遣郁闷的心情。可真正到了临别之时，感伤的情绪却还是一发难收。

归来视幼女，零泪缘缨流

“零泪”，落泪。“缨”，系在颔下的冠带，这里借用晋郭璞《游仙诗十四首》其五：“悲来恻丹心，零泪缘缨流。”送罢大女儿，回来看见仍在哭的孤单的小女儿，诗人再也控制不住情感，悲伤的泪珠儿，禁不住绕颈缨长流。再想想，小女儿他日长成也会出嫁的，到时家中将只剩下自己一个孤老头子。一想到晚景如此凄凉，诗人怎能不潸然泪下！这两句对别后的描写，与写别时女儿们“两别泣不休”的场面前后映衬，既伤离别，也包含对亡妻的悼念，措辞质朴，塑造了一个慈祥感人的父亲形象。

评解

这是一首真切感人的诗，直抒胸臆，与韦应物通常的诗风颇为不同。诗人送女出行，万千叮咛；怜其无恃，反复诫训。诗人早年丧妻，对女儿更怀有一种父爱兼母爱的感情，临行时反复叮嘱，正是在尽作母亲的责任。正如明人袁宏道所说："读此诗，公慈爱满眼，可想可掬。"父亲的心其实更柔软。女儿要远嫁了，留既不能，去又难舍，他的心境无法再保持平静，百感交集以至泪满衣襟。这是本诗感情上的特色。

父女之情是本诗的主线，对亡妻的追伤，对幼女的担忧，以及长女与幼女的姐妹之情则是辅线。主线清晰而又主辅浑然一体，是本诗结构上的特色。而近于口语般的叮嘱劝慰，又极其真切地表现了上述感情，并把结构上的过渡照应弥合得天衣无缝。字面仍然是不见用力，总让读它的人读到心里去，则是本诗语言上的特色。一诗而具此三特色，乃成为送女诗的绝唱。近藤元粹称此诗"平话中有无限情趣，可知作诗不必险艰也"。有法度而不见针痕线迹，唯见一片真情流贯其中；情真语挚，泪满诗行，至性至诚，朴实无华，这是诗的上乘境界。

滁州西涧

独怜幽草涧边生，
上有黄鹂深树鸣。
春潮带雨晚来急，
野渡无人舟自横。

题解

此诗作于滁州刺史任内。西涧，一般以为指滁州西郊的山间小涧，俗名上马河。不过，远在宋代，同样在滁州任职的欧阳修已不能确指这条河的所在，并认为韦应物有杜撰之嫌，因为滁州城西乃是丰山，无所谓西涧；城北虽有一涧，却浅偪不能泛舟，江潮也不能到。韦应物喜欢即景赋诗，随境命名，如本题所说“西涧”，很可能只是他即兴所命名，严格求证西涧所在或是怀疑根本没有这样一个地方，都不免有求之过深之弊。但没有人否认，这是一首极为出色的诗，全诗语言清丽，音调圆美，写景如画而境生象外。此诗是韦应物的代表作之一。

滁州西涧 诗意图 王赫赫 绘

【句 解】

独怜幽草涧边生，上有黄鹂深树鸣

我独自漫步在这西涧边上，但见芳草幽幽自生，山树自荣，绿荫深深，黄莺儿深藏在树间婉啭啼鸣。作者以“独怜”领起，反映出向往林泉的高雅情趣。西涧虽是僻远幽静之境，但春光不会遗忘这里，生机无限，万物各得其适。徜徉其间，诗人所感受到的不是冷清寂寞，而自有一种自甘寂寞、悠闲自在的意趣在。

第一句最后的“生”字，唐代古本作“行”。明代诗人、诗评家杨慎认为“‘行’字胜‘生’十倍”，至于为什么“行”字更好，他没有具体解释。也许杨慎的思路是，如果用“生”字，那么指的只是“幽草”；而用“行”字，则把诗人自己在草地上徘徊徜徉的举止也包括进来了。诗人的主体加进来，会使这句诗的层次与内容更丰富。从这个意义上说，“行”字可能要比“生”字更好。

春潮带雨晚来急，野渡无人舟自横

不知不觉间，诗人沉醉此中已经很久。然而天色近晚，风云突变，骤来一阵急雨，顿时涧水猛涨，春潮带着雨水汹涌而来。一个“急”字，写出山涧的宁静被打破，那诗人的心境又如何？诗中没有直说，只是说野渡无人，小舟自横。显然，诗人并没有惊慌，也不曾萌动去意。他依然从容不迫地伫立涧边，静静地观赏着眼前的此番景象。既已薄暮，阵雨潮涨，那本来就很荒凉的渡口，已是无人来渡。只见渡船兀自横在水面，在激流中晃荡，让人体会到的依然是无往而不适的悠然。

韦应物从长安赴滁州刺史任上的旅途中，写有《自巩洛舟行入黄河即事寄府县僚友》一诗，其末句“扁舟不系与心同”，也正是本诗末句的意思。“野渡”一句曾被不少人画成图画，也被不少人借去用在自己诗词里，宋代人尤甚。“平昔酷爱王右丞、韦苏州诗”的宋代寇准，其《春日登楼怀归》诗有“野水无人渡，孤舟尽日横”，将韦诗一句扩大为一联。南宋词人史达祖《绮罗香·咏春雨》则云“还被春潮晚急，难寻官渡”。这些借用，似乎都有些画虎不成反类犬的效果。不过，苏舜钦《淮中晚泊犊头》不用韦诗语句，而借用他的诗意：“春阴垂野草青青，时有幽花一树明。晚泊孤舟古祠下，满川风雨看潮生。”这类似于唐皎然《诗式》中所云“偷意”，可说略得情韵。吕祖谦

《春日》用韦诗语句而加以改造："柳阴小艇无人管，自送流花下别溪。"亦别有情趣。据说一个宋代文官把黄庭坚手书这首诗的扇子献给江神，使得七天七夜风浪大作的江面"天水相照，如两镜对展；南风徐来，帆一饷以济"（《冷斋夜话》卷一），可见宋代人对这首诗是何等赞赏。

评解

韦应物的七言诗不如五言诗成就高，但这首诗则例外，其传诵程度甚至超过他的五言佳篇。全诗四句一下一上，一动一静，共同烘托出一个超越人为自生自化的幽境，显示出诗人心境的闲适和愉悦。

此诗以"怜"、"自"二字贯串全篇，而"自"字尤为点睛之笔。涧边幽草自生，深树黄鹂自鸣，春潮带雨自来，野渡之舟自横。作者所"怜"爱的，正是这种"无人"的、超越人为的自生自荣的自然意趣。全诗深得陶渊明诗意韵，而又写景如画，不乏清丽圆转之美。明人胡应麟《诗薮》的赞语"韦左司大是六朝余韵，宋人目为流丽者得之"，于此诗可见一斑。

关于此诗中有无寄托，寄托何意，历来争论不休。明杨慎《升庵诗话》卷八说它"本于《诗》'泛彼柏舟'"，实在有些穿凿附会，硬要给韦诗找祖宗、攀远亲。宋末元初赵章泉虽然看出这首诗上、下、动、静的组合，却硬说这是"君子在下，小人在上"（清王士禛《万首绝句选·凡例》引），把它和毛公《诗序》以"美刺"解诗联在一起，给韦应物抹上了一层迂腐文人的油彩。其实此诗之妙，正在于从诗歌意象中可见诗人外放后由萧索而趋放达之心态。心态的有意无意之流露，变成意象朦胧的诗境。解说得太死，就难免胶柱鼓瑟、味同嚼蜡了。

闻雁

故园眇何处？
归思方悠哉。
淮南秋雨夜，
高斋闻雁来。

题解

这首诗也写在建中、兴元间滁州刺史任上。诗写怀人思乡的落寞情怀。

闻雁 诗意图　王兴华 绘

【句 解】

故园眇何处？归思方悠哉

在这样一个秋天的雨夜，独坐斋中的诗人听着外面淅沥下个不停的秋雨，不禁触动悠悠归思。从长安来到这两千里外的滁州，云山阻隔，归路迢递，又是如此深暗的雨夜，故园自然是眇远难寻。再加上这漫漫长夜、绵绵秋雨，益发使诗人感到夜色深沉，秋气凄寒，高斋冷寂，更要被这无穷无已、悠然不尽的归思所困了。

首句以设问起，次句直抒胸臆，发出感叹，言外自含无限低徊怅惘之情。“方”字透出归思正浓，为下面两句高斋闻雁作势。

淮南秋雨夜，高斋闻雁来

“高斋”，指郡斋，南朝齐诗人谢朓有《郡内高斋闲坐答吕法曹》诗。异乡之夜，秋雨绵绵，忽闻空中传来雁鸣。在一个远在他乡的游子的耳中，这声音意味着什么？无须议论，已将萧瑟孤寂的心境和盘托出，让人读来感觉到无限凄凉，此景此情，“谁能遣此怀抱”（明人桂天祥语）？诗写到“闻雁”便戛然而止，对自己由此引发的感触不着一字，而留给读者自己去想像、去玩味。

雁是候鸟，每年春分后飞往北方，秋分后飞往南方。它是古代文人笔下经常出现的一个意象，意义非常丰富。羁旅中的诗人，仰头见雁，怀想的是故乡；听到空中雁鸣，牵动的也是思乡之情。如隋薛道衡《人日思归》“人归落雁后，思发在花前”，唐人赵嘏《长安秋望》“残星数点雁横塞，长笛一声人倚楼”，宋欧阳修的《戏答元珍》中则有名句“夜闻归雁生乡思，病入新年感物华”。诗中有雁出现，意境必定苍凉。一个“雁”字，牵动无限愁思。

对韦诗这种写法，后人给予高度评价。明蒋仲舒《唐诗评选》称美这两句：“更不说愁，愁自不可言。”清沈德潜《唐诗别裁集》则称：“归思后说闻雁，其情自深。一倒转说，则尽人能之矣。”清李瑛《诗法易简录》也认为此诗“不说思归，而思归之情弥深”。

评解

从表面看，这首诗抒写的不过是很寻常的远宦思乡之情。但细加品味，不难发现诗中渗透一种萧瑟凄清的情调。充溢全诗的秋声秋意背后隐约露出时代乱离的面影。可以说，这首诗也蕴含着诗人对时代、对社会的苍凉感受。

在诗人从长安赴滁州任上的旅途中，夜泊孤驿，曾写下《夕次盱眙县》。此诗中也写到了雁：“人归山郭暗，雁下芦洲白。”在解析这两句诗时，我们说韦应物是援律入古。而在这首《闻雁》中，我们看到的则是诗人援古入律绝的尝试。清沈德潜说：“五言绝句，右丞之自然，太白之高妙，苏州之古淡，并入化机。”（《说诗晬语》）。今人刘学锴先生认为，从《闻雁》可以看出，他在保持绝句“意当含蓄，语务舂容”的特点的同时，有意识地运用古诗的句格、语言与表现手法，以构成一种高古淡远的意境。语言力求朴质自然，避免雕琢刻削，一、二两句还杂以散文化的句式句法。这种风格，与白居易一派以浅易的语言抒写日常生活情趣的作风迥然不同。

闲居寄诸弟

秋草生庭白露时，
故园诸弟益相思。
尽日高斋无一事，
芭蕉叶上独题诗。

题解

此诗亦是诗人在滁州刺史任上所作。诸弟，指时在长安的韦端、韦系等人。诗写作者僻居滁州时对长安亲人的悠悠思念之情。

闲居寄诸弟 诗意图 王赫赫 绘

【句 解】

秋草生庭白露时，故园诸弟益相思

“白露”，二十四节气之一，为旧历八月节气。值此白露时节，秋草已生满庭院，因而愈加思念诸弟。写“秋草”、“白露”，渲染凄冷伤感的氛围，为下文抒别情离思定下基调。南朝宋诗人谢惠连有《捣衣》诗，亦写秋景秋意，其中有云“白露滋园菊，秋风落庭槐”，韦诗与之如出一辙。所不同者，谢诗写思念丈夫，韦诗写思念诸弟而已。

尽日高斋无一事，芭蕉叶上独题诗

“芭蕉”，多年生草本植物，叶大可写字。明代陶宗仪《说郛》卷六一引《清异录》：“怀素居零陵庵，东郊植芭蕉，亘带数亩，取叶代纸而书。号其居所曰‘绿天’，庵曰‘种纸’。”唐代草书大家怀素与韦应物生活在同一时代，年岁也相仿。据说怀素在寺院附近种有一万多株芭蕉树，芭蕉长大后，他摘下芭蕉叶，铺在桌上，临帖挥毫。由于没日没夜地练，老芭蕉叶剥光了，小叶又舍不得摘。于是想了个办法，干脆带了笔墨站在芭蕉树前，对着鲜叶书写。就算太阳照得他如煎似熬，刺骨的北风冻得他手肤迸裂，他还是在所不顾。写完一处，再写另一处，从未间断。这就是有名的怀素芭蕉练字的故事，在当时就颇为流传。诗人戴叔伦比韦应物大五岁，晚年上表请为道士，他写过一首《赠鹤林上人》绝句：“日日涧边寻茯苓，岩扉常掩凤山青。归来挂衲高林下，自剪芭蕉写佛经。”可见在芭蕉叶上写字、抄经卷在当时已形成一种风气。

据统计，“芭蕉”意象在《全唐诗》中出现过七十次，多与思人有关。诗人于百无聊赖中，乃于芭蕉叶上题诗。“独”字的运用更突现思弟心情之急，更见情深意长。

评 解

这首诗并无太高深的思想，也无特别突出的艺术技巧，只是以“芭蕉题诗”一句画龙点睛，表达出一种生活化的细微感触和情怀。其实，中国的古诗，都特别富有这种“琐屑”的韵致。这种“琐屑”，可以是感情上的，也可以是生活上的。感情往往因为平淡而愈显得真实，没有大喜大悲的做作，

只是平心静气，节制简洁。不仅如此，在遣词布局上，韦诗也都以淡泊质朴见长。总之，用琐屑细致的描写手法来表达自己深沉的思想情感，没有磅礴的气势，却以微小的细节打动人；没有华丽的语言修饰，却在平淡中见真知，这是韦应物写诗的一大法宝。与之相比，韩愈喜欢剑走偏锋，用一些怪的字句，不免有逞奇之弊。白居易的诗虽然平易，但在布局上往往过于讲究回环曲折，与韦诗相比，又少了一份古朴温厚之气。

登楼寄王卿

踏阁攀林恨不同，
楚云沧海思无穷。
数家砧杵秋山下，
一郡荆榛寒雨中。

题解

这首诗大约是建中四年（783）秋在滁州所作，是一首怀友诗。诗人与王卿之间有很深的情谊，如今王卿已经远去楚地，只有诗人自己还滞留在海边的州郡。当诗人孤独地登楼送目时，一种强烈的怀念故人之情油然而生。

登楼寄王卿 诗意图 李立公 绘

【句解】

踏阁攀林恨不同，楚云沧海思无穷

“恨不同”，指作者怅恨山川阻隔，遗憾不能再与王卿相聚游览；“同”，这里是同行、陪同的意思。忆往昔，他们经常或一起携手登楼（“踏阁”），吟诗唱对；或并肩上山（“攀林”），寻幽揽胜。现如今分别良久，徒留下无穷思念。

一“恨”一“思”，将离愁别恨和盘托出。诗人用笔却又极尽委婉曲折之妙，两句都采用节奏比较和缓的“二二三”的句式，一波而三折，一唱而三叹，较之于后面两句的“四三”句式，明显有缓急的不同。在对仗上，这两句采用句中自对的方式，“踏阁”与“攀林”对，“楚云”与“沧海”对，使整个句子节奏进一步舒缓下来，显得从容不迫。尽管诗人对朋友的怀念之情很强烈，而诗的表达却不是一泻无余的。怀友之情流淌在舒徐的节律之中，给人以愁思绵渺的感觉。

数家砧杵秋山下，一郡荆榛寒雨中

“砧杵”，捣衣用的垫石和棒槌，这里指捣衣声。秋风萧瑟，家家都在准备寒衣，砧杵相击之声不绝，最容易触动思念远行人的情思。因为严寒的冬天是远行人最艰难的季节，也是家人应当团聚守岁的日子。极目远望，荆榛莽莽苍苍，一望无涯，几乎塞满了郡城。“荆榛”，泛指高矮不等的杂树。浓郁的怀人之情陡然坠入一片烟雨茫茫中。这是登楼的所闻所见，是不露声色的景象描写，却绝不只是在单纯地写登楼所见之景。

秋风秋雨为“一郡荆榛”笼罩了一道雨丝织成的垂帘。诗人仿佛从迷迷蒙蒙的雨中荆榛的画面上，看到了自己离恨别绪引起的无边的惆怅迷惘的具体形象，又仿佛是把一重浓密雨幕般的愁思罩在了人心里。诗中的“砧杵”、“荆榛”、“寒雨”，是渗透了作者思想感情的艺术形象，既是景语，又字字含情。字字不离眼前的实景，而又字字紧扣诗人的心境。既深刻地表达了对友人的思念之情，也抒发了对时世乱离的伤痛之感。

评解

在唐人诗中，登览诗在写法上一般先写登览所见之景，然后抒情。这首诗恰恰相反，它是先抒情，后写登览所见之景。以景作结，含不尽之意于言外，自有其高妙之处。清人宋顾乐评此诗："先叙情，后布景，而情正在景中，愈难为怀。"（《万首唐人绝句选评》）

这首诗在艺术上采用虚实相生的写法。前面两句用虚笔，概括对友人的无穷思念，为全诗定下了抒写离情的调子。后两句写景，用实笔具体写出对友人的思念，使作品具有形象的感染力，耐人寻味，又使前两句泛写的感情得以落实并得到加强。景中之情虽然含蓄，却并不隐晦。虚实并用，使通篇既情致明朗，又不乏含蓄；既高度概括，又形象生动。假如无视诗中所寄寓的情思，则其诗意、诗景就非常简单。一旦理解到诗人所寄寓之情，则诗境就丰盈了。尤其是末两句，登楼听到的是错落砧声，一派萧瑟苍凉韵致；看到的是荆榛寒雨，更是一派索落凄迷气象。除了怀念故人之外，此诗实有对时世的悲叹。

寄李儋元锡

去年花里逢君别，
今日花开已一年。
世事茫茫难自料，
春愁黯黯独成眠。
身多疾病思田里，
邑有流亡愧俸钱。
闻道欲来相问讯，
西楼望月几回圆。

题解

关于这首诗是写给谁的，论者说法不同。一种说法认为，李儋，字元锡，是韦应物的好友，时任殿中侍御史。作者和他酬唱的作品很多，在《寄别李儋》一诗中说："宿昔同文翰，交分共绸缪。"可见交情很深。也有人认为李儋、元锡为两个人，李儋，字幼遐，曾官殿中侍御史；元锡，字君贶，曾任苏州从事、淄王傅之职，官终衢州刺史。韦诗中有一首《送元锡杨凌》，另外《初发扬子寄元大校书》可能也是写给元锡的。

寄李儋元锡 诗意图 程锡瀛 绘

唐德宗建中四年（783），韦应物从尚书比部员外郎调任滁州刺史，离开长安。次年春天，诗人在滁州任所收到李儋的来信，说要来滁州看望他。诗人于是写了这首七律来答复友人。诗中通过怀念友人，表达了作者未能为老百姓解除疾苦而自愧的痛苦心情，以及思归田里不愿为官的矛盾思想。这首诗是韦应物的名篇。

【句 解】

去年花里逢君别，今日花开已一年

诗是寄赠好友的，所以以叙别开头。当此春和景明时节，诗人想起了去年春暖花开时与好友依依惜别的情景。今春花又开，与好友分别倏忽已经一年了。

两句用春花关联，自然流畅。如今独赏春光，风景依稀似去年，故人却已天各一方，怎能不令人怅惘！既是睹物思人，又暗含着时光易逝之感，更流露出别后境况的萧索，颇有“年年岁岁花相似，岁岁年年人不同”的感伤意味。

世事茫茫难自料，春愁黯黯独成眠

“黯黯”，心神沮丧的样子。当时京城长安被叛军盘踞，德宗皇帝逃难在外，形势混乱。诗人感慨自己无法料想国家及个人的前途和命运，内心十分茫然。作为朝廷任命的地方官员，到任一年了，却无所作为，这也增添了他的焦虑感。春色虽好，怎奈心情郁闷。百无聊赖，只好独卧床榻，打发忧愁苦闷的时光。“世事茫茫”，给人以混茫无涯、难以捉摸之感，正是当时特定的政治局势的写照。“春愁黯黯”，则涂上了一层阴沉黯淡、纷扰纠结的色素，恰好展示了作者此时的心绪。情势如此，因而只好抱膝独卧。“世事”是就客观而言，“春愁”则就主观而言。“难自料”承“已一年”，而申述其变化；“独成眠”承“逢君别”，以表明独处怀友。

身多疾病思田里，邑有流亡愧俸钱

首二联蝉联而下，极写愁绪。至颈联方反回去说起愁的根由。“田里”，指故里田园；“俸钱”，即俸禄，就是官吏的薪水。诗人已年过半百，体弱多病，宦海沉浮多年，又见国乱民穷，有志难申，欲辞官归隐。然而，想想自己身为一州之长，却没能替老百姓解除疾苦，使他们安居乐业。

想到在自己管辖范围内还有百姓衣食无着、贫穷逃亡，诗人不禁深感内疚，觉得虚食俸禄，未尽职责，愧对国家和百姓，又怎么能够一走了之呢？

这两句是诗人年来的感触，也是全诗警策之所在。“思田里”的原因，明说是为“多疾病”；而细味之，这病却更多是心病，是深疚于“邑有流亡”。同时期诗人作有《答崔都水》：“甿税况重叠，公门极熬煎。责逋甘首免，岁晏当归田。”正说出了诗人“不如归去”的思想底蕴。通过这两句，我们看到一位勤于职守，却回天无力的正直的地方官形象。他似乎太疲倦了，以致连愤慨也已懒得发泄，剩下的只有内疚和自嘲。

在句序上，诗人又倒装因果，不写因有流亡而思归田，却先讲思归而落到“邑有流亡愧俸钱”。就意蕴上说，倍见沉痛；就体势而观，则加强了拗折之感。于是这一联犹如中峰崒兀，真正起到了警策的作用。说韦诗淡然而天成并不错，但更应看到它淡然中的深致，天成中的锤炼之功。深而能浅，炼而无迹，这才是韦诗的胜境。伤春思友的题材是很一般的，但因为有了这一深沉的颈联，本诗立意顿然不凡。全诗的节奏是流畅的，也因有此一收放，才显出顿挫之势。

闻道欲来相问讯，西楼望月几回圆

“闻道欲来”，写对方关念自己；“西楼望月”，则写自己盼望对方。作者的心情既然如此愁苦，当然希望友人前来，相聚谈心，以慰思念之情。现在得知友人有意前来，非常高兴。几个月来，他一直盼望着与友人的相聚。他登楼望月，月亮圆了又缺，缺了又圆，已经好几回了，却还不见友人的到来。“望月几回圆”生动形象地表现了作者盼望友人到来的迫切心情。

本诗表达思归与盼友两种情思。诗人王命在身，所谓思归，也只是“思”而已。真正可以落实的，是等待友人前来加以慰勉。然而友人不至，诗人不免悲伤。月夜楼头，诗人是否仅仅是怀友呢？此中大有“欲说还休”的况味。

评解

在任滁州刺史的一年里，韦应物与民众直接接触，了解到他们的生活状况。对当时朝政紊乱、军阀嚣张、国家衰弱、民生凋敝的时局，他的认识更为深刻，深为感慨、忧虑。他到任这年冬天，奉命东征叛乱藩镇的泾原兵在长安哗变作乱，并奉朱泚为帝，唐德宗仓皇出奔奉天。前来增援的朔方军又与朱泚相勾结，致使战乱进一步扩大。直到第二年五月，唐军才收复长安。在此期间，韦应物曾遣使北上探听消息。可是到写此诗时，使者尚未返回。诗人心情之焦急、忧虑可想而知，因此而有“世事茫茫”的感觉和“难自料”的担心，以至“春愁黯黯独成眠”。此时收到长安好友来信，说要前来探望，其心情之欣喜、急迫也可以想见。此诗是对友人关心的回答，表达了对友人的思念。世事变幻，前途茫茫，只有真挚的友情可以安慰惆怅之身。

这首诗之所以为人推重，还因为诗人诚恳地披露他身为地方官的思想矛盾和苦闷，真实地概括出一位清廉正直的官员有志而无奈的典型心情。韦诗以描写山水见长，但其诗中亦有不少忧念国事、关怀民瘼的内容。在这首诗中，作者对大唐王朝前途的叹惋，对自己忧愧交加的内心世界的揭示，都说明诗人对国计民生的大事并没有忘怀。尤其是“身多疾病思田里，邑有流亡愧俸钱”两句，历来受到称赞。“先天下之忧而忧”的范仲淹自然深有同感，叹为“仁者之言”。一代大儒朱熹盛称其“贤矣”。南宋诗评家黄彻更是给予高度评价：“余谓有官君子当切切作此语。彼有一意供租，专事土木，而视民如仇者，得无愧此诗乎？”（《碧溪诗话》）清人沈德潜也誉为“不负心语”（《唐诗别裁集》。毛泽东也曾高度评价这两句，认为作为封建官吏能有此忧国忧民胸怀，实为不易。这些评论都从思想性着眼，赞美的是韦应物的思想品格。其实，作者只是按照自己一贯的作法，随口向朋友吐露心迹，淡淡说出，把自己的内心真实地呈现于好友面前，毫无哗众取宠之意。当然，诗人能够写出这样真实感人的诗句，正由于他有较高的思想境界和较深的生活体验。

寄全椒山中道士

今朝郡斋冷，忽念山中客。
涧底束荆薪，归来煮白石。
欲持一瓢酒，远慰风雨夕。
落叶满空山，何处寻行迹？

题解

此诗作于德宗兴元元年（784）秋，作者时任滁州刺史。全椒，属滁州，即今安徽全椒县。据宋王象之《舆地纪胜》记载：“神山在全椒县西三十里，有洞极深，唐韦应物《寄全椒山中道士》诗，此即道士所居也。”这首诗向来被称为韦诗中的名篇。被誉为“一片神行”、“化工笔”，评价很高。风雨之夕，诗人忽然想到全椒山中的道士，想持酒去访问，又恐怕不能相遇，因而只能写诗相寄。

寄全椒山中道士 诗意图 程锡瀛 绘

【句 解】

今朝郡斋冷，忽念山中客

作者闲坐滁州郡斋，颇感冷清寂寞，不由就想起了居住在全椒山中与世隔绝的道士。这“冷”，既是指郡斋室内的冷，更是诗人心中的冷。由“冷”而“念”，因念而愈觉冷。全诗所透露的都是这种淡泊清冷之气。

涧底束荆薪，归来煮白石

山中道士此时在做什么呢？在这寒冷肃杀的深秋，大约他还是和往常一样，打柴涧底，“煮石”家中，同样冷清寂寞吧。“煮白石”，暗用晋葛洪《神仙传》中所记白石先生事：“白石先生者，中黄大人弟子也。至彭祖时已二千余岁矣，不肯修升天之道，但取不死而已，不失人间之乐……常煮白石为粮，因就白石山居，时人故号曰‘白石先生’。”道家修炼，相传要服食石英，有所谓“煮五石英法”，在斋戒后，于农历九月九日，将薤白、黑芝麻、白蜜、山泉水和白石英放进锅里煮。唐宋时煮茶水加白石，可使之更为甘美，明田艺蘅《煮泉小品·绪谈》：“择水中洁净白石，带泉煮之，尤妙尤妙。”说的就是以佳茗和洁石煮成茶品。这两句形容道士孤独寂寞的修炼生活，用“煮白石”一语，既含有同情其艰辛之意，又含有仰慕其修仙之情。

欲持一瓢酒，远慰风雨夕

诗人怀念老友，于是想到如果能携一瓢酒相访，那么，这个寒冷的风雨之夜，也许彼此寂寞的心灵都能得到一丝慰藉吧。“风雨”照应前面“冷”字，结构严谨，错落有致。

落叶满空山，何处寻行迹

可是，诗人进一层推想，道士都是神龙见首不见尾的人，今天也许在这里安身，明天又不知云游何方。何况深秋时节，落叶空山，连路也不容易找，哪里可以寻觅他们的踪迹呢？满山落叶纷飞，幻成无限迷惘和空寂。

诗人顺着自己的心情，跟着自己的感觉慢慢写来，蕴含着情感上的层层推衍：束薪煮石，是不食人间烟火者所为，可见全椒山中的道士是世外高人。冷朝雨夕，虽远而犹欲慰劳，怎能没有仰慕的成份？而其人行踪不定，简直飘忽若仙。前面既有对道士的怀念之思，又有对道士的关切之情；既仰慕其修炼，又想慰问其凄苦。但到山中，却只会是落叶满山，行迹难寻。怀念之思、仰慕之情也就都化作了一团惆怅。而在惆怅之中，又有一点失望，一点遐想，一点欢喜，一点疑惑。最后两句拓开一层，留下不尽的余味。

这两句被公认为是奇特之笔。宋代洪迈说："结尾两句，非复语言思索可到。"(《容斋随笔》)清人沈德潜认为这两句是"化工笔，与渊明'采菊东篱下，悠然见南山'，妙处不关语言意思"(《唐诗别裁集》)。都认为这两句出人意外，一般人想不到；但又很自然，不像是苦心思索出来的。

苏东坡很喜欢韦应物的诗，写过两首摹仿之作。其一是在惠州时作《寄邓道士并引》："罗浮山有野人，相传葛稚川（洪）之隶也。邓道士守安，山中有道者也，尝于庵前见其足迹长二尺许。绍圣二年正月十日，予偶读韦苏州《寄全椒山中道士》诗云（略），乃以酒一壶，仍依苏州韵作诗寄之云：'一杯罗浮春，远饷采薇客。遥知独酌罢，醉卧松下石。幽人不可见，清啸闻月夕。聊戏庵中人，空飞本无迹。'"苏诗努力摹拟韦应物的诗格，但是得到的评价却不佳。洪迈就说，以苏东坡的天才，出语惊世，其和陶渊明的诗，可以和陶渊明并驾齐驱；但是和韦应物这首诗，却远远比不上原作。宋人许顗《许彦周诗话》中解释这个问题说："此非才不逮，盖绝唱不当和也。"意思是像韦诗这样的绝佳之作是唱和、模拟不了的。但这种解释也并不能说清楚苏诗何以不及韦诗。

苏轼和别人的诗词，常有超出原作者。比如诗中的《和子由渑池怀旧》，词中和章质夫的《水龙吟》，都好像把呆直的素描变成了生动的水墨丹青，把原作比了下去。但其和韦诗主要还是末两句略逊一筹，之所以如此，今人葛兆光以为，一来是它与全诗缺乏整体的联系，不像韦应物先"念"而"慰"，把思念写得浓浓的，忽然一跌，顿时把人投入怅然若失的情绪中；二来苏诗两句说理味太重，诗人主观意识投入太多，让人看了既无形象，又好似被耳提面命，多少有些不惬意。而韦诗这两句一景一情，萧瑟的空山落叶与无处寻迹的失望相互映衬，不必多说，也能使人想到"飞空无迹"的高妙境界。这也就是清人施补华《岘佣说诗》所解释的："东坡刻意学之，而终不似。盖东坡用力，韦公不用力；东坡尚意，韦公不尚意，微妙之诣也。"所谓用力、不用力，尚意、不尚意，实际就是自然和不自然之分。用力、用意，就容易迫不及待地跳出来说话，所以反而不如冷静地、随意地写出来的两句让人回味无穷。东坡诗中用"遥知"、"醉卧"、"不可见"、"本无迹"这些词语，都是竭力描写、表现邓道士，这种句法，韦应物却不屑用。这些方面，苏诗是不及韦诗的。

评解

韦应物的五古常在一线延衍之中表现出多重意味的层次感。本诗写我写彼，交替而下，相续相生，逐次深化。这种似单而复，似素而腴，在萧疏中见出空阔，在平淡中见出深挚的风格，正是韦诗的胜境。这首被赞为“一片神行”的诗篇，便能体现如此胜境，写得“高雅闲淡”。明人桂天祥称美此诗：“全首无一字不佳，语似冲泊而意兴独至，此所谓良工心独苦也。”诗人先从自己感到秋寒而忆念山中的道士着笔，进而展开艺术想像。他想到道士山中生活的清苦，进而想携酒往访，以慰其寂寥。但又怕不能相遇，于是凝望远山，无限惆怅。全诗写的都是作者的所思所想，但把这些想像都化作了鲜明的形象。这些形象和情感串连起来，便构成了情韵深长的意境，耐人寻味。“落叶满空山，何处寻行迹？”这个想像中的画面，尤富韵致，能激发人的联想，使人品味不尽。

寒食寄京师诸弟

雨中禁火空斋冷，
江上流莺独坐听。
把酒看花想诸弟，
杜陵寒食草青青。

题解

从唐代起，文人诗客常借寒食节吟事抒怀，流传下不少诗文韵事。而在这些寒食诗中，乡情、亲情成为普遍的主题。唐代寒食节前后官府休假三至五天，人们都外出踏青游赏。这首诗写于唐德宗贞元二年（786）或三年江州刺史任上。诸弟，指住在长安的韦端、韦系等人。诗人在清冷孤寂的寒食节里，于绵绵细雨中忆念故乡亲人。

寒食寄京师诸弟 诗意图 程锡瀛 绘

【句 解】

雨中禁火空斋冷，江上流莺独坐听

“禁火”，寒食节又称禁烟节。相传介子推割股以救晋文公，文公即位而赏不及，故子推耻言功而隐于绵谷。文公使人召之，不出，乃焚其山，子推终不肯出而焚死。晋人哀之，以其死于清明前三日，故于此三日皆禁火不举，至清明而加以祭祀。寒食节本于此。民间流传有寒食禁火、吃冷食的习俗。一般人们于寒食断火，到清明节重新起新火，宫中还有钻木取“新火”、赐百官“新火”的仪式。韦应物《寒食日寄诸弟》“禁火暧佳辰”反映的也是这一习俗。“流莺”，莺声圆啭如流，故称流莺。

诗从环境写起。寒食禁火，万户无烟，本来已经够萧索的了。更逢阴雨，又在空斋，气候与心情双重清冷。诗人就这样一层加一层地写足了环境气氛。他坐对春江，听鸣莺流转。可惜如此赏心乐事，却只能客居他乡独自消受，思乡念亲之情始终无法排遣。第二句中的“独”字，既是上句“空”字的延伸，又是下句“想”字的伏笔。本是随换句而换景，一变首句所写萧索景象。但一个“独”字又折转回来，在多层次中更显示了曲折。两句合起来，为下文的“想诸弟”之情层层烘染、反复衬托。

把酒看花想诸弟，杜陵寒食草青青

“杜陵”，汉宣帝陵，在长安东南。附近有乐游原，地势高峻，四望宽敞，是当时长安士民春秋佳日游览的地方。诗人想像兄弟在杜陵的游赏，而他举起酒杯，却只能孤独地对花独饮，自然更加勾起思亲之情。由想诸弟又把诗笔宕开，联想到故园的寒食景色，使人更感到情深意远。正因为诗人情深意真，在下笔时把“想诸弟”的情意贯串、融合在全诗之中，就使全诗相互浃洽，成为一个极其和谐的整体。

“杜陵”一句取意于《楚辞 · 招隐士》“王孙游兮不归，春草生兮萋萋”，亦暗含着王孙不归之意，透露出诗人的归思，表达对诸弟、对故园的怀念。王维《山中送别》诗“春草明年绿，王孙归不归”，是明写，而韦诗是暗点，更显得蕴藉有味。

评解

这首诗写诗人寒食节思亲的感情。首句从近处着笔，实写客中寒食的景色；末句从远方落笔，遥念故园寒食的景色。中间两句，一句暗示独在异乡，一句明写想念诸弟，上下绾合，承接自然。这首诗运笔空灵，妙有含蓄。结句就本句说是景中见情，就全篇说则是以景结情，收到了藏深情于行间、见风韵于篇外的艺术效果。宋人刘辰翁评此诗“字字是情是景”，明代谢榛更誉之为“风人之绝响”（《四溟诗话》）。

韦应物是一个手足情深的诗人，其诗集中收录寄诸弟诗近二十首。其实，阅读古诗，我们常常会感叹于古人那浓浓的人情味。在诗词曲中，有许多表现亲情、友情、爱情的抒情诗，写得情真意挚，缠绵悱恻，感人肺腑，具有极强的艺术感染力。这些诗歌，从一个侧面反映出古代社会的文化生态环境，后人可以从中窥见古人人性面貌和精神状态之一斑。那时人性保持了某种程度的天真和纯朴，人的精神状态保持了某种程度的健康、自然和舒展。这一点，值得现代人深思。

郡斋雨中与诸文士燕集

兵卫森画戟，燕寝凝清香。
海上风雨至，逍遥池阁凉。
烦疴近消散，嘉宾复满堂。
自惭居处崇，未睹斯民康。
理会是非遣，性达形迹忘。
鲜肥属时禁，蔬果幸见尝。
俯饮一杯酒，仰聆金玉章。
神欢体自轻，意欲凌风翔。
吴中盛文史，群彦今汪洋。
方知大藩地，岂曰财赋强。

题解

此诗为德宗贞元五年（789）夏苏州刺史任内作。诗人宴集吴中宾朋，在描写宾主诗酒怡乐之余，自惭身居高位，不见黎民疾苦，流露出未察百姓安康之愧。郡斋，州刺史府第中的厅舍。燕，通“宴”。

郡斋雨中与诸文士燕集 诗意图　张明石 绘

这首诗在当时广为传诵。据《白居易集》卷六十八载，唐敬宗宝历元年（825），刚刚从杭州刺史转任苏州刺史的白居易，就曾刻此诗于石，且作《吴郡诗石记》以志之，其文曰：“贞元初，韦应物为苏州牧，房孺复为杭州牧，皆豪人也。韦嗜诗，房嗜酒，每与宾友一醉一咏，其风流雅韵，多播于吴中，或目韦、房为诗酒仙。时予始年十四五，旅二郡，以幼贱不得与游宴，尤觉其才调高而郡守尊，以当时心，言异日苏、杭苟获一郡足矣。及今自中书舍人间领二州，去年脱杭印，今年佩苏印，既醉于彼，又吟于此，酣歌狂什，亦往往在人口中；则苏、杭之风景，韦、房之诗酒，兼有之矣，岂始愿及此哉？然二郡之物状人情与曩时不异，前后相去三十七年，江山是而齿发非，又可嗟矣！韦在此州，歌诗甚多，有《郡宴》诗云：‘兵卫森画戟，宴寝凝清香。’最为警策。今刻此篇于石，传贻将来，因以予《旬宴》一章，亦附于后。虽雅俗不类，各咏一时之志，偶书石背，且偿其初心焉。”

【句 解】

兵卫森画戟，燕寝凝清香

今天正是宴请宾客的日子，所以官邸门前画戟林立，兵卫森严，守卫得非常严密。而休息室内则飘散着焚香的芬芳，走进来只觉得清香满面。一个“森”字，一个“凝”字，有一种庄重典雅的况味。刘辰翁评此二句“清绮绝伦，为富丽诗句之冠”。

“燕寝”，一作宴寝，犹私寝，古代多指帝王寝息之所，后亦指地方官员的公馆。据李肇《国史补》记载，韦应物“为性高洁，鲜食寡欲，所居焚香扫地而坐”。这句诗说的正是其居寝必焚香的习惯。有此习惯的诗人当不在少数，宋李清照《感怀》诗云“作诗谢绝聊闭门，燕寝凝香有佳思”，清香缭绕自然是有助于诗人们的灵感生发。宋代黄庭坚据说也喜欢焚香，还自称“有香癖”。

海上风雨至，逍遥池阁凉

海上的风雨飘然而至。宴集恰逢下雨，不仅池阁清凉，雨景如画，而且公务骤减，一身轻松，只觉得人生是如此逍遥自在。庄重典雅是对来客的敬重，逍遥轻松又足见主客融洽。两者结合，十分得体地显示了身为郡守的诗人礼贤下士的气度，也为全诗定下了基调。

烦疴近消散，嘉宾复满堂

“烦疴”，闷热烦躁，疴本指疾病。阵阵风凉，将前一段时间的烦燥闷热驱散殆尽。再看看四周，嘉宾贵客济济一堂。最难风雨故人来，诗人怎能不喜形于色！今日嘉宾满堂，是随清风而来呢，还是嘉宾带来了清风？其语意双关，并自然由铺写宴席收到“嘉宾”。

开头六句，总写郡斋宴集，点题并渲染气氛。兵卫禁严，宴厅凝香，嘉宾满堂，显示刺史地位的高贵威严。寥寥数句，洒脱简劲，颇有气概。然而这并非骄矜自夸，而是下文“自惭”的原由。

自惭居处崇，未睹斯民康

以下四句由宾及主，自然转入抒情：看看啊，我现在生活得多么华贵舒适；可是百姓呢，他们还那么的穷困，我的心怎能不觉得惭愧不安！

“自惭居处崇”，不单指因住处的高大宽敞而感到惭愧，显然还包括显示刺史地位的“兵卫森画戟，宴寝凝清香”等因素在内。因为这些更使诗人感到了自身责任的重大。当然，“未睹斯民康”，即未能使人民摆脱艰难困苦的状况，是触发他“自惭”的最为直接的原因。诗人从儒家仁政爱民的思想出发，自觉地将“斯民”之未康跟自己的华贵、威严及“居处崇”对比。他以前早就说过“身多疾病思田里，邑有流亡愧俸钱”（《寄李儋元锡》）和“方惭不耕者，禄食出闾里”（《观田家》）等语，把自己所得俸禄与农民的辛勤劳动联系起来，把自己的地位和自己的责任联系起来，为自己的无功受禄而深感惭愧，深感不安。这样的认识，从某种意义上说，要比杜甫“朱门酒肉臭，路有冻死骨”的客观描述来得更加深刻，更不容易。这应该与诗人十余年担任地方县令小官所获得的直接感性印象密切相关。现在官做得越来越大了，越来越多地宴饮享乐了，该如何解决这种心理上的矛盾呢？最好的办法莫过于找老庄思想了。

理会是非遣，性达形迹忘

“理会”，通达事物的道理。“达”，旷达；“形迹”，指世俗礼节。会老庄之理而遣送是非，达乐天知命之性而忘乎形迹。用这种思想去麻痹自己，可以暂时忘怀一切，心安理得地宴集享受，而不必再受良心的谴责。诗人的自惭于未能安康民生，当是“烦疴”的根由。然而今日清风驱暑，嘉宾云集，使诗人悟得事物必有消长生灭之理。会此胜理，足可遣是非，忘形迹，正不必为事功之成否烦恼。这是诗人身居高位的第一层感想。

鲜肥属时禁，蔬果幸见尝

“鲜肥”，鱼肉；“时禁”，一定时节的禁令。据《唐会要》卷四十一记，建中元年（780）五月敕：“自今以后，每年五月，宜令天下州县禁断采捕弋猎，仍令所在断屠宰，永为常式。”当时这条禁令仍在实行中。诗人说，本来想要准备丰盛的酒菜，无奈正值朝廷禁食鲜鱼、肥肉等荤腥之时，于是只好拿出蔬菜水果，希望各位慢慢品尝。

俯饮一杯酒，仰聆金玉章

蔬果数篮，对于不拘形迹的主人来说，亦足表诚愫。一杯酒，一首诗，俯仰之间，自有妙趣。“金玉章”，指文采华美、声韵和谐的好文章，语出《孟子·万章下》“金声而玉振之也”。

神欢体自轻，意欲凌风翔

“神欢”，精神欢畅。酒助诗兴，逸兴遄飞。诗人身为主人，自然更要劝酒劝诗，不知不觉间已是酒酣耳热。至此，庄肃的宴集气氛已变为一片融和，主客均有飘飘欲仙、逍遥凌风之感。所有的“自惭”也都烟消云散，剩下的则是对眼前宴集的由衷叹赞。

吴中盛文史，群彦今汪洋

“吴中”，苏州的古称，这里指苏州地区。“彦”，美士，才德杰出之人。吴中之地自古以来即以文史隆盛见称。今日才学之士群聚于此，更见出人才济济似海洋。

方知大藩地，岂曰财赋强

从而我懂得了，为何姑苏被称为东南雄都。这可不仅因为它是财赋强盛的大藩，更由于它是东南形胜，是人杰地灵的文史之乡。

以上四句照应诗题“诸文士燕集”的盛况。诗人悟到，自己拜领君命出守苏州大藩，治理东南财赋之地，其实还不足幸。最幸运的是，东南人杰地灵，文史兴盛。这一结尾既承上申足情趣，又隐含州郡长官当以文教兴邦的深意。而在结构上，更上应全诗的枢纽——“烦疴”至“未睹”四句。在切合燕集诗体制的同时，有无尽余味。

明代杨慎却有不同看法。他说，前人诗话称此诗一代绝唱，但通读全篇，却总觉得其结句“吴中”四句，像是打油诗一类。后来他见到宋人《丽泽编》中此诗无后四句，又当时参与宴集的顾况奉和篇亦只十六句，于是认为这四句“为吴中浅学所增，以美其风土”。

评解

燕集诗是一种“应用诗”，应酬意味甚重。然而，本诗却不同凡响。它既十分得体，又典型地表现了诗人当时领袖东南诗坛的气度，以及其淡远中见闲雅雍容之致的创作个性。

诗分四层，对应的句数分别为六句、四句、六句、四句。全诗叙事、抒情、议论交替而下，而每一转换，均深入一层。对宴集的具体描写，流注着诗人情感的变化，而过接处则浑然无迹。白居易称赞此诗“最为警策”，杨慎引用前人评论说它“为一代绝唱”。除了着眼于它的艺术成就外，论者主要是赞扬韦应物推己及人、居安思困的襟怀。把自己放在低处，这是人的境界，也是诗的境界。

当代学者赵昌平认为，如果要找韦应物自己的诗句来概括他的诗风，那末“兵卫森画戟，燕寝凝清香。海上风雨至，逍遥池阁凉”，是最能表现其淡远中见雍容之致的特点的。韦诗得陶诗的萧散冲淡，但更注入了典雅、雍容的气度。晚年宦途较显达的韦应物，必然会在诗中加入一些朝廷庙堂的成分。在诗歌体势上，韦诗也在陶体中融入了若干谢灵运体的成分。本诗赋写、抒情交替而下的结构，正是谢诗的典型手法。韦诗用谢而能去其雕琢巉刻，且仍以陶体为本，故不易察觉。

这首诗所流露的情调，也典型地反映了大历诗人思想上的矛盾。他们有体恤百姓之心，愿尽忠职守为民谋福。但同时他们又倦于案牍、懒于簿书而勤于游乐，希求一种逍遥闲适的享乐生活。对他们来说，“公堂日为倦”，只有游乐才能“幽襟自兹旷”（韦应物《扈亭西陂燕赏》）。韦应物在这点上表现得最为突出。他的诗，无论是任洛阳尉、高陵令时所作，还是任滁州、江州、苏州刺史时所作，都记载了他登山临水的闲放生活。譬如他的《郡内闲居》诗云“腰悬竹使符，心与庐山缁”，又《新理西斋》诗云：“方将屺讼理，久翳西斋居。草木无行次，闲暇一芟除。春阳土脉起，膏泽发生初。养条刊朽枿，护药锄秽芜。稍稍觉林耸，历历忻竹疏。始见庭宇旷，顿令烦抱舒。兹焉即可爱，何必是吾庐。”一座荒芜已久的郡守斋舍，经诗人在开春时锄去芜秽，清出林竹，居然成了陶渊明式的园田居。学者们将这些诗作称之为“郡斋诗”，认为这实际上是以外郡为隐，把衙门变成了他归隐的田园。本诗可算作韦应物“郡斋诗”的代表作。

秋夜寄丘二十二员外

怀君属秋夜，
散步咏凉天。
山空松子落，
幽人应未眠。

题解

这首诗是德宗贞元五年（789）或六年秋在苏州刺史任上作。丘二十二，即丘丹，嘉兴（今属浙江）人，是诗人丘为的弟弟，排行第二十二。丘丹曾任仓部员外郎，贞元初归隐杭州临平山。他写有《和韦使君秋夜见寄》："露滴梧叶鸣，秋风桂花发。中有学仙侣，吹箫弄秋月。"和的即是本诗。诗人在凉秋之夜散步，徘徊沉吟，想起了正在临平山学道的故人丘丹，揣测他山居空寂、相思未眠的景况，遂写成此篇。

秋夜寄丘二十二员外 诗意图 程锡瀛 绘

【句 解】

怀君属秋夜，散步咏凉天

秋夜凉凉如水，不由得就怀念起朋友来了，遂出门散步以释思念。然而，散步时徘徊沉吟，面对着秋夜的疏星淡月，不由得又想起，朋友不也在“凉天”下的另一处么？此刻，他正在做什么呢？“散步咏凉天”看似视角转移，其实还是写“怀君属秋夜”。

山空松子落，幽人应未眠

笔锋一转，诗人的思绪飞向远方，想像所念之人在彼时彼地的情况：万籁俱寂的山中，朋友一定也和我一样夜不成眠，正在思念我吧？诗人丰富的想像，使读者在一首诗中看到了两个空间、两幅画面在同一时间内的并存。两句出于想像，但“应未眠”语气肯定，显示了诗人与朋友“心有灵犀一点通”的感应。千里神交，有如晤对。

“幽人”指隐居者，“山”与“松”则点明了其隐居的环境。“山空”说明无人，“松子落”衬出无声。无人无声，十分寂寥，能不思我？反之，只有“未眠”才会感觉到“山空”，才会感觉到“松子落”。“山空松子落”也是在写清凉的秋夜，从而回应了前文。“山空松子落”与“月出惊山鸟”（王维《鸟鸣涧》）同为以动写静之佳句，清沈德潜誉之为“幽绝”，殊不为过。

从我想你，写到你也应该在想我，可见诗人与朋友的情深谊笃。但他下笔风格恬淡，悠悠的思绪予读者以悠悠的惆怅。不张扬，不喧哗，神韵飘渺，余味无穷。

评 解

秋夜，凉天，山空，幽人。清而幽，空而寂，古雅闲淡。这正是韦应物的风格。清施补华《岘佣说诗》评韦诗“清幽不减摩诘（王维），皆五绝中之正法眼藏也”。即以此诗而言，没有深沉的感慨，没有激荡的语言，这是“闲淡”。然而，语浅情深，言简意长，诗里有对宇宙人生的深层领悟，因而还透出一种禅悟般的愉悦，这是其优长之处。诗人就这么随意地走，随意地咏，随意地想，而所想的内容更是清幽得一尘不染。感悟自然而超脱俗世

名利，这便是前人所谓“高古”。清沈德潜在《说诗晬语》中说：“五言绝句，右丞之自然、太白之高妙、苏州之古淡，并入化境。”作为韦应物五绝代表作之一，这首诗充分体现了其“古淡”的特点。

钱钟书先生《谈艺录》中以“幽修漏”三字来说明诗歌的三种风格，其中论“幽”字说：“静而不嚣，曲而可寻，谓之幽，韦应物有此风格。如《秋夜寄丘员外》，秋夜而感到松子落，正说明幽静之极，静而不嚣。想到空山松子落时，幽人应未眠，在领略这个幽静的境界，说明思想的曲而可寻。”其余两种则“直而不迫，约而有余，谓之修”，陶潜有此风格；“澄而不浅，空而生明，谓之漏”，王维有此风格。

寄皎然上人

吴兴老释子，野雪盖精庐。
诗名徒自振，道心长晏如。
想兹栖禅夜，见月东峰初。
鸣钟惊岩壑，焚香满空虚。
叨慕端成旧，未识岂为疏。
愿以碧云思，方君怨别余。
茂苑文华地，流水古僧居。
何当一游咏，倚阁吟踌躇。

题解

这首诗为贞元五年（789）冬天所作。皎然，俗姓谢，吴兴人，自称南朝诗人谢灵运的十世孙。字清昼，人称“昼上人”。皎然幼年出家，及中年，又专意于禅，曾与灵澈、陆羽同居吴兴杼山妙喜寺，为莫逆之交。皎然是诗僧中之佼佼者，但他最出色的成就在于诗论专著《诗式》。他与颜真卿、韦应物等过从甚密。皎然有《答苏州韦应物郎中》诗，极称韦应物诗格之高、政绩之显。韦应物此诗则将皎然写得高逸不群，足见两人相慕之深。

寄皎然上人 诗意图　李也青 绘

【句 解】

吴兴老释子，野雪盖精庐。诗名徒自振，道心长晏如

“精庐”，精舍，道士、僧人修炼居住之所。“晏如”，安然，陶渊明《五柳先生传》自称：“短褐穿结，箪瓢屡空，晏如也。”意谓虽生活贫困，但安然自若，超然物外。首四句从叙述皎然入手，集中烘托出他的“道心”：野雪覆盖着这位吴兴老和尚居住的精舍，这是一个什么样的人呢？他的诗写得是那么好，诗名远振；他的心又永远是那样安然、高洁、超拔，一如这皑皑白雪。宋刘辰翁评“野雪”一句云：“奇句。后世诗僧，宁无愧此。”

皎然的弟子福琳所作《皎然传》说他“凡所游历，京师则公相敦重，诸郡则邦伯所钦”，可见他在当时的诗名之高。当时释子喜好作诗的不少，所谓“嗜吟憨态，几夺禅诵”，但真正能写出自己风格的人并不多。时人把皎然和当时著名诗僧灵澈、道标并举。但正如稍后的刘禹锡所说，“世之言诗僧多出于江左，独吴兴昼公能备众体”。宋人严羽也说“释皎然之诗，在唐诸僧之上”。

想兹栖禅夜，见月东峰初。鸣钟惊岩壑，焚香满空虚

这是诗人想像皎然的生活情形：夜夜在精舍里坐禅，燃烧的香炉中散发香气，缭绕充盈着整个天地。晨钟暮鼓回荡在林泉岩壑之间，栖禅之人静静地守着一轮明月冉冉自东峰升起。

在所有的禅诗中，庭竹、坐石、岩岭等都是晏坐场所的象征，松风、白云、水月都是禅心的代表，花色、猿啼、鸟啼、水波都是心境的映衬与象喻。花、月、白云等在佛教中都有特殊的譬喻意义，指月见性、白莲净土、一片白云横谷口等等，都是佛典与禅家语录中经常出现的喻词。禅是自性，而自性是不可以言语表说的，因此，只能以现象表示本体，以禅境显露道心。

叨慕端成旧，未识岂为疏。愿以碧云思，方君怨别余

“叨”，忝，谦词，表示承受的意思。“碧云思”，这里指高逸的诗思。南朝江淹《杂体诗三十首》有一首“拟休上人怨别”，其中云：“日暮碧云合，佳人殊未来。”这首本为拟汤惠休之作，后人多以来指代惠休之诗。诗人对神交已久的皎然说：心中仰慕您已经很久，仿佛我们早已成为了旧识。虽然至今犹未谋面，但这又何曾疏远彼此的关系？您高逸的诗思，可比南朝著名诗僧汤惠休，令人追怀不已。

茂苑文华地，流水古僧居。何当一游咏，倚阁吟踌躇

吴兴是文采蔚然之地，也素来是僧人聚居之处。我的内心是多么地向往，什么时候我们能把臂同游，倚阁共咏？“茂苑”，指苏州的长洲，春秋时为吴王的长洲苑，晋左思《吴都赋》：“带朝夕之浚池，佩长洲之茂苑。”“流水”，指湖州苕溪，皎然居于此。“何当”，何时能；“踌躇”，从容流连的样子。

评解

全诗围绕“诗名”、“道心”两方面延展而下，极赞皎然之为人为诗。层次清楚连贯，却又注意彼我交替照应。首尾叙述、议论均是使用“彼”的视角，而中间八句分以“想兹”、“叨慕”领起，均出之以“我”的视角，表达出诗人对皎然的由衷钦仰。

关于韦应物和皎然，宋赵璘《因话录》记载了一个故事，说韦应物以清雅古淡的诗歌傲视诗坛，皎然得知韦应物就任苏州刺史，想去见见这位神仙中人。而皎然自己的诗文却以隽丽闻名，他想韦应物应该不会欣赏自己这种风格，于是就仔细琢磨了韦应物的诗，然后学着写了好几首诗作为见面礼。哪知韦应物接过去看了看，神色似乎很失落。皎然大失所望，过了几天，决定把自己得意的诗抄几首再去见韦应物。这一次韦应物赞不绝口，对皎然说：“每个人天分不同，各有自己的特点。您以前学我的风格，害得我把您看成了徒有虚名的人。现在看您具有自己特别风格的诗，方知并非浪得虚名。”皎然大为折服。这故事虽不见得可靠，却也从一个侧面说明了两人彼此欣赏的情形。

赠旧识

少年游太学，
负气蔑诸生。
蹉跎三十载，
今日海隅行。

题解

此诗也是德宗贞元五年（789）苏州刺史任内所作。由诗意可知，此诗为追忆昔年在太学时的情况。韦应物少年时不好读书，做着唐玄宗的侍卫，志得意满。经过安史乱后，他性情大变，开始进入太学读书。诗题曰“赠旧识”，所赠之旧识，可能就是当时太学里的同学。

赠旧识 诗意图

张明石 绘

【句解】

少年游太学，负气蔑诸生

“蔑”，蔑视；“诸生”，指太学里的同学。遥想当年游学太学之时，是多么地意气风发，目空一切！那时，诗人一定是怀着满腔的抱负、拯时济世的热情。“太学”即国学，是古学校名。唐设国子、太学、广文、四门、律、书、算七学，属国子监。

蹉跎三十载，今日海隅行

“海隅”，此处即指苏州。然而，三十年时间过去，诗人满腔的理想、抱负却并没有得到实现。如今只能蜇居在此沿海边隅之地，消磨时光。当年的意气、当年的热情都不复存在了。一生“蹉跎”，何其沉痛！追忆少年志气，更是恍若隔世。

从此年上推三十年，是唐肃宗上元元年（760），正是韦应物读书太学之时。韦应物大约于肃宗乾元二年（759）入太学，宝应元年（762）四月唐玄宗死，韦应物即离开太学。《逢杨开府》诗所谓“武皇（玄宗）升仙去，憔悴被人欺”，大概也包括离开太学之事。唐制，太学生限年十四以上、十九以下。乾元二年韦应物二十多岁，已超过规定年龄。也许正因为韦应物在当时太学里是年龄较大的，所以三十年后当他再赠诗太学同学时，其心情之惭愧，岁月蹉跎之感叹，就要来得更加深沉。

评解

此诗短短二十字，看似无任何艺术技巧可言。然而，如果联系诗人的生平考察，即发现已将其一生的坎坷沉痛写尽。在貌似直白的叙述语气中，却沉潜着深沉的人生感叹。一头是“太学”，一头是“海隅”；一头是少年“负气”，一头是今日“蹉跎”，中间横着的却是一生“三十年”的宝贵时光。全诗仅“蹉跎”二字语带感情，但它就像是一支火柴，迅即点燃了全诗的情感之火，也打开了读者的情感之门。

后　记

萌动请人编辑出版一套独特的中国古典诗词赏读书籍的念头已久，没想到与五洲传播出版社的同志谈起，一拍即合。

社会上已出版的古典诗词类图书琳琅满目，这套书如何称其“独特”呢？我们的设想是：

一、每位诗人、词人独立成册。这便于选择最有代表性的诗词名家，集中介绍他们最具代表性的作品；也便于读者体会和研究每位诗词名家的风格和文采。

二、撰写人物简介。每分册前面都有一篇诗人、词人的生平介绍，其内容要比常见的“三言两语”的介绍更翔实、更丰富。不仅叙说诗人、词人的身世际遇，而且对其创作成就、艺术特色也尝试作简明的评说。孟子曰：“颂其诗，读其书，不知其人，可乎？是以论其世也。”说的是欲深入理解一个人的作品，就应该对这个人及其时代有一定了解。由于年代久远，大多诗家词人并非贵胄世家，其历史资料零散缺失，有些问题学术界尚无定论，比如李白的家世和出生地，至今仍是个谜，有多种说法。由此可见，“知人论世”并非易事。对此，我们以严谨的治学态度，尽可能吸纳目前的研究成果。

三、“三段解”方式。对书中的每篇作品，均采用题解、句解、评解的手法进行评析和赏读。古典诗词文辞精粹，含蓄内敛，善于通过各种艺术手法传达味外之旨、韵外之致。以“三段解”的方式对诗词逐题逐句地进行意译和评解，雅俗共赏，对大家深入理解诗词的思想内容和艺术风格、体味其中的文化意蕴，力图给出些许提示。

四、以画配诗词。每首诗词作品，都配以当代画家根据其意境专门绘制的国画，以期诗情画意，相得益彰。其中不乏程十发、顾炳鑫、刘旦宅、华三川、范曾、戴敦邦等名家手笔。部分画作，是画家先前发表过的；绝大多数的作品，则是邀请画家特意为本书系创作的。

有了这样的设想，下一步的关键在于能否请到合适的作者。五洲传播出版社为本书系约请作者的门槛颇高：首先须是中国古典文学研究领域的专家学者，有较深学术造诣；其次是能厚积而薄发，有深入浅出的文字表达能力。应该感谢的是，一批年富力强的学人加入了编写队伍。由于他们的辛勤劳作，才有了我们现在看到的这套《中国古典诗词精品赏读》。

李　冰

于北京